I0682857

www.ingramcontent.com/pod-product-compliance
Lightning Source LLC
Chambersburg PA
CBHW051842170626
46807CB00003B/1304

با یاد و نام دوست

مریم

منوچهر مدنی پور

کتاب زمین
Zameen
Publication

کتاب زمین
Z a m e e n
Publication

سرشناسه:
مدنی پور، منوچهر
Madanipour,M anouchehr

عنوان کتاب:
مریم

طراح روی جلد:
دادا نوری

ناشر: **کتاب زمین**
چاپ نخست: **بوستون، ۲۰۱۸ (۱۳۹۷)**
شابک: ۹-۲-۹۹۹۱۴۸۱-۰-۹۷۸

به: ملی

با تشکر از:

مهربانی‌های بی‌دریغ دکتر پگاه حسین‌پور، مهرداد حقیقی، دکتر جیمز مارتین، دکتر احمد مدنی، رضا میرزایی، سیمین بختیار و دکتر مهدی منفرد.

همراه با مونسان موسیقی‌دانی که همواره به موسیقی آن‌ها گوش می‌کنم.

فصل سی و شش را دو بار، و دو گونه نوشته‌ام.

هر کدام را می‌خواهید انتخاب کنید.

یک

هنگامی که خانم تهرانی چشم باز کرد همراهان را آشفته دید و
پنداشت چیزی عجیب اتفاق افتاده است. نه تنها خودش آشفته
بود بلکه همه. کارکنان هواپیما مدام از این سو به آن سو می
رفتند وآهسته با هم پچ پچ می کردند مبادا که کسی بشنود.
خانم تهرانی رو به خانم بغلی کرد و پرسید: «طوری شده؟»
خانم بغلی که در آغاز سفر بعد از پرسش های متعدد خود را
طاهره معرفی کرده بود جواب داد:
«آره خواهر. یه چیزایی توی بلند گو گفتن که من نفهمیدم.
قیافه های همشون مضطربه»
خانم تهرانی به دور وبر نگریست. چیزی غیرعادی رخ داده
بود. انگلیسی که نمی دانست و به همین دلیل آشکارا نگران
بود. مدتی صبر کرد تا سرانجام سر و کله یک مهماندار پیدا
شد.
«ببخشید. وِن سان فرانسیسکو؟»

مهماندار که حدس می زد خانم تهرانی انگلیسی نمی داند گفت:

«نو, سان فرانسیسکو. سیاتل.»

خانم تهرانی هنوز هم نمی دانست چرا «نو سان فرانسیسکو».

طاهره خانم نگاهی کرد و پرسید:

«شما انگلیسی بلدِی؟»

خانم تهرانی مضطرب تر از پیش نگاهی کرد و گفت: «نه».

هواپیما دل آسمان را می شکافت و پیش می رفت و دل خانم تهرانی همچنان در لرزش. چرا «نو سانفرانسیسکو؟»

«توی سانفرانسیسکو فامیل دارین؟»

صدای طاهره خانم خیالات خانم تهرانی را قطع کرد.

«شوهرتون اونجاست؟»

طاهره خانم کوتاه نمی آمد. مرتب سوال می کرد. خانم تهرانی با کمی تردید گفت: «پسرم اون جاست. می رم ببینمش. خیلی وقته ندیدمش.»

گوش های خانم تهرانی انگار که داشت باز می شد. هواپیما داشت به آرامی پایین می آمد و می نشست.

خانم تهرانی می اندیشید که «حالا پسرم را بعد از سال ها می بینم. چه کیفی داره.»

هواپیما نشست. همه می خواستند پیاده شوند. طاهره خانم از مدتی قبل ایستاده بود انگار که هر چه بیشتر بایستد، زود تر پیاده می شود. که شد. فشار می داد و به جلو می رفت. می گفت عروس آمریکاییش به پیشوازش می آید. خانم تهرانی اندکی اندیشید و به آرامی از هواپیما خارج شد. راهرو را با سرعت گذشت و به سالنی بزرگ وارد شد. گشت و گشت

و گشت و پسرش را نیافت. دلش آشوب شد. پسرش آنجا نبود و خود را بسیار تنها یافت. تنهای تنها. به غرفه اطلاعات مراجعه کرد. شماره تلفن پسرش را نشان داد. وقتی که بلیتش را دیدند فورن به پسرش زنگ زدند.

«الو؟»

«سلام مادر. منم.»

صدایش از وحشت تنهایی می لرزید.

«سلام مامان. چقدر منتظر تلفنت بودم، کجایی؟»

«نمی دونم چی شده. تو کجایی؟»

«مامان هول نشو. یه گروهی می خواسته به فرودگاه سانفرانسیسکو یا لوس آنجلس حمله کنه. اونوقت ...»

«تو سلامتی؟ طوریت که نشده؟»

«گوش کن مامان. همه هواپیماهایی رو که به سانفرانسیسکو یا لوس آنجلس می رفتن، تغییر جهت دادن. شما شانس آوردی که توی سیاتل پیاده شدی»

«سیاتل؟ چقدر دوره از خونه تو؟ شهرشون نزدیکه؟»

«نه مامان. سیاتل توی یک ایالت دیگس. تو واشینگتنه. من ...»

«واشینگتن؟ پس بذار من برم سفارت ایران شاید بتونم یه بلیتی چیزی پیدا کنم. دلم خیلی آشوبه»

«نه مامان. ایالت واشینگتن. به کالیفرنیا نزدیک تره. من به یکی از دوستام گفتم که بیاد ورت داره ببره خونه خودش. بعد هواپیمایی خودش تو رو می فرسته سانفرانسیسکو. نگران نباش. اسمش احمده. از دوستای قدیم منه. بچه خوبیه. وایسا تا بیاد پیدات کنه.»

احمد!»

مستر احمد پیدایش نبود. خانم تهرانی از پشت چشم های اشکبارش کسی را دید که گوشی قرمزی برگوش داشت و گوشواره ای به اندازه یک بشقاب. با دوست دخترش به این ور و آنور نگاه می کردند. تمام تاریخ را انگار که روی دستان این آقا خال کوبی کرده بودند. دختر تی شرتی پوشیده بود و موهایش را رنگ کرده بود و دامنی بسیار کوتاه، پوشیده بود. خانم تهرانی هم این سو و آنسو بدنبال احمد می گشت.

بالاخره پیدایش کرد. کت و شلوار اتو کشیده ای تنش بود و به دنبال کسی می گشت .

خانم تهرانی خوشحال و پریشان آستینش را کشید:

«بالاخره پیداتون کردم احمد آقا. قیافتون داد می زد که ایرونی هستین.»

احمد آقای خیالی کمی اخم کرد و بعد آستینش را محکم کشید. خودش را خلاص کرد و انگار که هیولا دیده باشد تند دور شد. خانم تهرانی اندیشید:

«بنظرم این احمد آقا نبود. اما چقدر مثل ایرونی ها بود!»

زمان به کندی، برای خانم تهرانی، و بتندی برای من و شما می گذشت. احمد آقا پیدایش نبود. فرودگاه شلوغ بود. گروهی می آمدند و گروهی می رفتند. نگاه تند بعضی ستون فقرات خانم تهرانی را می لرزاند و گروهی بی آن که به او محل بگذارند از کنار او رد می شدند. ساعت به کندی می گذشت و ازاحمد آقا خبری نبود. مأموری با یک سگ غول پیکراطراف بار و بنه مردم می گشت. خانم تهرانی به آرامی آنسوتر رفت تا نزدیک به سگ نباشد.

دوباره به اطلاعات رفت و تلفن پسرش را که روی یک
تکه کاغذ نوشته بود نشان داد. اندکی تامل. آقایی آمد و
چیزهایی گفت که خانم تهرانی اصلن متوجه نشد. کاغذ
را از او گرفت و به شماره اش زنگ زد.

«الو؟»

«مامان شمایین؟ این احمد می گه شما رو نمی تونه پیدا کنه!
تو فرودگاهه. شما کجایین؟ جلوی گیــت؟ لباس شما چه
رنگه؟ روسریتو برداشتی که؟»

«آره بابا، لباسمم آبیه .اما من دیگه دارم از ترس می ترکم. تو
می تونی بیایی منو ببری؟»

«نه مامان. می دونی که من کار می کنم. خودشون میارنت
اینجا. با چمدونات. نگران نباش. من خیلی ناراحتم که این
اتفاق افتاده. تا فردا دندون رو جیگر بذار. گفتن اولین پرواز
فردا صبح زوده، ساعت پنج و نیم. احمد میبرتت فرودگاه.
شماره پروازتم میدونه... بطرف سانفرانسیسکو. مامان؟»

خانم تهرانی مات مانده بود. یک شب را می باید در خانه
احمد آقا سر کند؟ صبح زود به فرودگاه بیاید؟ فکر کرد:

«خوب بود می ماندم و به اینجا نمی آمدم....»

«مامان... چرا جواب نمیدی؟»

«نگران من نباش. می شه دوباره به این احمد آقا زنگ بزنی؟
من بغل غرفه اطلاعات وایسادم، خداحافظ.» و گوشی را داد
به مامور غرفه اطلاعات .

نگاهش تردید آمیز بود و نگاه مامورغرفه اطلاعات، مهربان.
دل توی دلش نبود. فکر کرد:

«بالاخره یه شب که هزار شب نمیشه! هان؟ ما توی تهرون

هرجور شلوغی رودیدیم. این که اصلا مشکلی نداره.»

خودش را آنقدر دلداری داد تا آرام گرفت. خوابش می‌آمد. روی صندلی کنارغرفه اطلاعات نشست وخوابش برد.

خواب دید که گروهی هواپیما را بغل کرده‌اند و دارند به زور آن را می‌برند. به زور خودش را از هواپیما بیرون انداخت. توی باند می‌دوید و به هیچ جا نمی‌رسید.

«شما مادر آرش هستین؟»

از خواب پرید. آشفته.

«شما کی هستین؟»

«احمد. رفیق قدیم آرش. شما منو یادتون نمیاد، اما من شما رو خوب بخاطر دارم»

فقط این جمله بیادش آمد که بگوید: «یا امام!»

همان مردک بود با دوست دخترش و گوشواره هایش، که به زعم خانم تهرانی به اندازه بشقاب بودند، و گوشیش و دامن بسیار کوتاه دوست دخترش.

«سلام احمد آقا!»

«من آقا نیستم. احمد خالیم»

خانم تهرانی چنین اندیشد:

«پس آقایی هم این جا ور افتاده؟ نمی شود به کسی آقا گفت؟»

«بزن بریم خونه ما. یادم نیست چی می گفتن. با قابل اس؟»

خانم تهرانی تصحیح کرد: «ناقابله»

احمد آقا قبول کرد: «درسته»

احمد ماشین کوچکی داشت. ریزه و صندلی پشت فی‌الواقع برای انسان ها طراحی نشده بود. خانم تهرانی بزور در آن

صندلی جا گرفت. اندیشید:
«ای وای! عین تاکسی های خودمونه. شیش تا رو سوار می‌کنه!»
ماشین را احمد آقا براه انداخت. صدای همان تاکسی های تهران را می داد. اندکی تند تر می رفت، البته. گوشی احمد آقا بگوشش بود و صدای موسیقی، بلند، که از جایی لابلای گوشش به گوش می خورد. خانم تهرانی متوجه واقعیت دیگری شد که آن را بشدت نادیده گرفت. دست احمد آقا گاه گاهی دنبال چیزی وسط پای دوست دخترش می گشت اما آن را پیدا نمی کرد.
همه اش می خندیدند. خانم تهرانی به تماشای دور و بر مشغول بود و احمد بدنبال چیزی دیگر. خانم تهرانی شدیدن می خواست اسم دخترک را بداند. ولی بشدت جلوی خودش را گرفت. «فردا توی خونه پسرم ازش می پرسم».
رفتند و رفتند تا به خانه احمد آقا رسیدند.
این جا بود که خانم تهرانی فکر کرد که آیا واژه آقا به احمد آقا می آید یا نه. راهرو ها بو می داد. وارد آپارتمان شدند. همان که خانم تهرانی از آن واهمه داشت: آشپزخانه ای در هم و برهم و به‌هم ریخته، بوی غذای مانده، غذای نیمه مانده و نیمه نخورده، و چیزهایی که دل خانم تهرانی را بشدت به‌هم زد.
احمد همچنان توی نخ دخترک بود و خانم تهرانی بدنبال اتاقی می گشت تا در آن بخوابد تا فردا. فردا روز آزادی بود و خوشبختی.
«پسرم را که ببینم حالیش می کنم که رفیقش، احمد، رفیق

خوبی نیست که هیچ، کمی اشکال هم داره. بماند».
خانم تهرانی سعی کرد بروی خودش نیاورد.
«احمد آقا، می خواین من چیزی برای شام درست کنم؟»
احمد آقا پیدایش نبود. خانم تهرانی چند بارصدا کرد و جوابی نشنید. دلش نمی آمد دست به یخچال بزند ولی بالاخره زد. دنبال یک تکه گوشت می گشت که با قدری پیاز بار بگذارد که پیدا نکرد. باقی مانده غذای چینی را در یخچال یافت که بنظرش افتضاح می آمد. بیشتر گشت. مانده غذاهایی که همه بو می دادند. چینی و سوشی. از پنجره پایین را نگریست. دوباره و سه باره. مغازه ای نزدیک نبود وگرنه می رفت و چیزکی می گرفت. ساعت را نگاه کرد. یادش رفته بود ساعتش را عوض کند. آمد بگوید احمد آقا که احمد آقا با قیافه ای پریشان، اما شاد، پیدایش شد. سراغ یخچال رفت و چیزی از آن درآورد.
«می خورین؟»
خانم تهرانی بی رغبت گفت: «نه. گشنم نیست. می خواستم بپرسم اگه زحمتتون نیست فردا صبح زود منو ببرین فرودگاه. آرش می گفت ساعت پنج و نیم وقت پروازه. اگه سه و نیم بریم بیرون من میرم تو و شما می تونی برگردی خونه دوباره بخوابی.»
«اوکی!»
خانم تهرانی این را فهمید. بالاخره نگاه کردن آن همه شوهای خارجی از ماهواره این خوبی ها را هم دارد.
«اگه زحمت نیست من می تونم همین جا روی مبل...بخوابم؟»
می خواست بگوید مبل کثافت ولی حرفش را خورد. ساعت

بالای گاز را نگاه کرد و ساعتش را درست کرد. غروب بود. حسابی خوابش میامد. روی مبل نشست و خوابش برد سنگین. این بار پسرش را خواب می دید. سرش را روی شانه پسرش گذاشته بود. وقتی بیدارشد ساعت نزدیک سه بود. بدنش خواب رفته بود و کمی سردش شد ولی پتویی نیافت. از تنها اتاق خانه صدای خرخری می آمد. بنظرش آمد صدای احمد بود. بلند شد. به دستشویی رفت.

«یعنی خونه آرش هم به همین کثیفیه؟ تو تهرون ما چقدر پول میدیم تا بیان خونه را برق بندازن»

سر و صورت را شست و بیرون آمد. ساعتِ سه و نیم نزدیک است وغایله تمام. زمان به تندی می گذشت. از احمدآقا خبری نبود. خانم تهرانی با خود گفت:

«اگه این حیف نون بیدار نشه چه خاکی بسر کنم؟»

کمی سر و صدا براه انداخت بلکه او را از خواب بیدار کند. سعی کرد دو سه تا ظرف را بشوید. آنقدر شسته نشده بود که شسته نمی شد. اینور و آنور پر بود از بشقاب ها و کاسه‌های نشسته، بوی کچ آپ همه جا را ورداشته بود. قوطی مک‌دانلد و کاغذ برگرکینگ و لوبیای گندیده و غذای چینی مانده صرف نظر کرد. ساعت دقیقن سه و نیم بود و احمد آقا مدهوش. نه ساعتی زنگ زد و نه صدایی. خانم تهرانی به پشت در اتاق احمد رفت. سعی کرد او را به آرامی بیدار کند:

«احمد آقا؟ احمدآقا! ساعت داره از سه و نیم می گذره. محبت کنین یه تک پا منو برسونین به فرودگاه. خدا عمرتون بده.»

و نه تنها از احمد آقا صدایی نیامد، بلکه خرخر مختصر دیگری هم به خرخر احمد آقا اضافه شد.

«به آرش زنگ بزنم؟ چه فایده؟ بیچاره تا دیر وقت شب کار کرده. گناه داره. تازه با کدوم تلفن؟»
این بار بلند تر صدا کرد: «احمد آقا! احمد آقا! دیر شد!»
احمد از خواب پرید. آمد دم در اتاق. نگاهی کرد.
«احمد آقا اگه زحمتی نیست منو برسونین به فرودگاه. داره دیر می شه.»
احمد آقا خواب بود. انگار در خواب حرف می زد. «فرودگاه؟ چرا؟ یخورده بیشتر بمونین!»
«نه ممنونم. هواپیما ساعت پنج و نیم پرواز می کنه. فدات شم. بدو. خدا بهت عمر بده.»
احمد آقا نشست روی مبل و فورن خوابش برد. خانم تهرانی درست حدس می زد که چرا احمد آقا نمی تواند بیدار بماند.
«فدات شم. بلند شو. منو برسون به فرودگاه.»
احمد آقا توی خواب بود و انگار نه انگار. اشک به چشم های خانم تهرانی آمد.
«حالا چیکار کنم؟»
فکر کرد دوشیزه آن اتاق خواب شاید بتواند به او کمک کند.
رفت دوباره پشت در،
«هلو، هلو!»
لای در اتاق را باز کرد. دخترک ازلای پتو نگاهی کرد. سرش را پوشاند وخوابید. خانم تهرانی نشست و گریست. گریست. بحال خودش، احمد آقا، و دوشیزه. ساعت چهار صبح بود. و بعد پنج بود و بعد شش بود. و احمد آقا همچنان روی مبل خواب بود و خانم تهرانی به انتظار. تلفن احمد آقا زنگ زد. اول تکانی و بعد بلند شد و نمی دانست کجا برود. تلفنش را

پیدا نکرد. کمی اینور و آنور رفت. تلفنش دوباره زنگ زد. خانم تهرانی آن را یافت و به احمد آقا داد.

احمد آقا فی‌الواقع نمی دانست چه شده. مدتی به تلفن خیره شد و بعد به خانم تهرانی و بعد نگاهی به دور و بر کرد و دوباره نشست روی مبل. آرش بود:

«مامان؟ هنوزاونجایی؟ هواپیما که حرکت کرد...»

خانم تهرانی جز فحش های چارواداری هیچ چیز دیگری به خاطرش نمی آمد.

«این حیف نون هنوزم نمی دونه که باید منو می برد فرودگاه. مثل گاو گیجه. اصلن گاو پیشش افلاطونه. بلند شو بیا اینجا منو وردار و ببر. اینم رفیقه تو داری؟ خاک تو سرش!»

و فکرمی کنید احمد آقا اصلن می فهمید خانم تهرانی چه می گوید؟

«اگه همین الان نیایی من برمیگردم تهرون. گور پدر خرج. گور پدر غذا. بیست و چهار ساعته هیچی نخوردم. میای یا نمی آی؟»

«گوشی را بده به احمد. می خوام باهاش حرف بزنم.»

«من حتی نزدیکش هم نمی خوام بشم. گور بگور شده چشماش رو نمی تونه واز کنه... چی می خوای بهش بگی؟ من چطوری برم فرودگاه؟ باید بیایی منو ور داری. می فهمی؟ می فهمی؟»

اندکی سکوت.

صدایی از اتاق خواب می آمد: «احمد!»

خانم تهرانی داد زد : «احمد و کوفت! احمد و زهرعقرب!»

«مامان این قدر عصبانی نشو. امروز ظهرراه می افتم میام

اونجا. خودم میارمت. یه ذره دندون رو جیگر بذار. گوشی رو بهش بده می خوام آدرسش جدیدشوازش بگیرم.»

خانم تهرانی که برگشت احمد آقا غیبش زده بود. خانم تهرانی اندیشید: «حتمن رفته پیش هانی!»

«من که تو اتاقشون نمیرم. نمی تونی آدرسشو از جای دیگه پیدا کنی؟ کم کم دارم ازش می ترسم. اصلن تو چشم آدم نیگا نمی کنه. معلوم نیست چی می بینه با اون چشای چپش!»

«باشه مادر. من باید امروز رو تعطیل بگیرم. یه خورده بیشتر از دوازده ساعت رانندگیه. اگه ساعت نه راه بیفتم تقریبا شب می رسم اونجا. کمی تحمل کن. باشه؟»

«تحمل کنم؟ می کنم اما یه پدری ازش دربیارم که اونورش ناپیدا. پدر اون هانی رو هم در می آرم. جداگونه.»

«هانی دیگه کیه؟»

«حرفشم نزن. راه بیفت و بیا. شب میرم دم در تا تو بیایی. راستی بارام چی میشه؟»

«نگران نباش مادر. من درستش می کنم.»

«خدا به تو عمر بده مادر، هر چی ناراحتی و گرفتاری داری ایشالا بخوره تو سراین بوزینه! و اون هانی!»

تلفن را قطع کرد. پرتش کرد روی مبل.

«این چه بلایی بود که بسرم اومد؟ این چه سفری بود؟»

و بازهر چه دشنام که درعمرش شنیده بود به ذهنش آمد. همه را فرو خورد تا وقت بهتری.

«امشب آسوده می شوم. لابد بعد از یک روزرانندگی خسته است. عیب ندارد. می رویم توی یک هتل. من اینجا دیگه نمی مونم. بزمجه ها!»

بقدری گرسنه بود که حد نداشت.

توی کیفش را گشت. یک بسته شکلات کوچک پیدا کرد که توی هوا پیما به او داده بودند. با ولع آن را بلعید. سرش را زیر شیر آشپزخانه گرفت و اندکی آب نوشید. آب بوی کلر می داد ولی صد برابر از آب خوردن از لیوان های چرک بهتر بود.

از پنجره نگاه کرد. مردم عادی زندگی عادی خود را ادامه می دادند و او مانده بود که چرا این سفر این قدر گرفتاری برایش به همراه آورده. خانمی باسگش وآقایی با کیف دستیش از جلوی خانه گذشتند. چند پسر بچه خندان و شلوغ رد شدند و خانم مسنی با عصا، آرام آرم، عرض خیابان را می پیمود. نزدیک ظهر شد. هنوز صدای خرخراز اتاق خواب می آمد و اگر خانم تهرانی اجازه اش را داشت با بادیه چرکی که در آشپز خانه دیده بود هر دو را به شدت بیدار می کرد و کمی درس زندگی یادشان می داد. حیف. صد حیف. فکر کرد برود بیرون و چرخی بزند. ولی ازگم شدن واهمه داشت و از اینکه برگردد و کسی در را رویش باز نکند. تازه داشت یاد می گرفت. صدای پایی آمد. احمد آقا بود. دنبال چیزی می گشت ولی آنرا پیدا نمی کرد. خانم تهرانی می دانست احمد دنبال چیست ولی بروی خودش نیاورد. تلفن در خما پیچ مبل تقریبا ناپیدا بود. خانم تهرانی خودش را سرگرم مرتب کردن کیفش کرد و سر نجنباند.

«چیزی می خورین؟»

خانم تهرانی با خود اندیشید:

«الهی کوفتت بشه. چی چی رو بخورم؟ چه آشغالی داری که بخورم؟»

«خیر. آرش داره می آد که منو با خودش ببره. آخه می دونین امروز صبح به لطف بعضی ها به هواپیما نرسیدم.»

«می دونم. آرش کلی سرم داد کشید»

خانم تهرانی با خود اندیشید:

«اگه من بودم کاری می کردم که خودت واون هانیت ... خدایا زبونم لال...»

هانی بالاخره بیدار شد. با سر و صورت بر افروخته و نشسته و بیریخت.

«های!»

«ای مرگ و های، ای جزّ جیگر و های.» خانم تهرانی این گونه می اندیشید.

محلش نگذاشت. باید زمان را سپری می کرد تا شب. باید کاری می کرد تا زمان زود تر سر آید. ولی هیچ چیزی بنظرش نمی رسید. پشت سر هم از پنجره به بیرون نگاه می کرد. می دانست زود است ولی چیزی هم به اسم امید وجود دارد.

مدت ها بود این لغت را درذهنش نشنیده بود. این مفهوم برایش کهنه و دورافتاده می آمد. یعنی می ارزید که این لغت را برای نجات از این وضعیت بکاربرد؟

عصر و عصرترشد و کم کم تاریکی سایه انداخت. چه کسی می گوید تاریکی آغاز نا امیدی ها و بامداد شروع امید است؟ برای خانم تهرانی هرچه شب بیشتر سایه می انداخت، امید جای بیشتری می یافت. پس چیزی به مفهوم امید به تاریکی هم وجود دارد! این طورکه پیش برود تمامی این فرض ها و پیش فرض ها و قوانین واستدلال ها را می شود برعکس کرد. امید در یک شب ظاهرمی شود وخنده ممکن است در روز از

شما واهمه داشته باشد. نور درانتهای تونل ممکن است لزوما به معنای خوشی و خرمی نباشد.

خانم تهرانی پنداشت که چگونه همه فیلسوف ها با این گونه مطالب یکدیگر را لت و پار کرده اند و اگر بیشتر می اندیشید می دانست که جماعت منتقد همواره از این راه مخالفان را تارانده اند. در میان روز روشن با آفتاب تابان می توانی ادعا کنی که شب است اگر بتوانی آن را ثابت کنی. و بر عکس. چون ماه میان آسمان است باید بپنداریم که شب است؟ راستی؟ اگر خانم تهرانی همه این ها را می نوشت شاید می توانست وکیل زبردستی شود ولی او را تنها می گذاریم و اندکی لبخند بروی او می آوریم که صد در صد حقش را دارد.

زنگ آپارتمان صدا کرد ووقتی خانم تهرانی در را باز کرد دید آرش در آستانه در ایستاده است. تماشایی بود. بعد از چند سال ندیدن، دیدن چه موهبتی است. خانم تهرانی فرزند را درآغوش گرفت و سرش را روی شانه هایش گذاشت. همان گونه که خواب دیده بود. حتی متوجه نشده بود که چه زمانی احمد آقا و هانی غیبشان زده است. آرش آمد تو. خسته و مانده اما خندان و گویان. اشک به چشم خانم تهرانی زد.

«آخه تو کجا بودی عزیزم؟»

فصل تازه ای درزندگی خانم تهرانی آغاز شده بود. کلی حرف زدند و خندیدند و گرییدند و بازهم تکرار خاطرات گذشته.

«آرش، گشنمه، انگار چند روزه غذا نخوردم!»

«کجا بریم مامان؟ رستوران ایرانی، غذای آمریکایی؟ هر چه می خوای بگو.»

«هر چی ساده تر بهتر. هر چه زود تر بهتر. راستی با دوستت

احمد آقا حرف زدی؟ می دونی چه ضرر بزرگی به من زده؟ روحیشو میگم نه پولیشو»

«کلی سرش داد زدم. گفت من روم نمی شه دیگه. امشب رفتن خونه یکی از دوستاشون. همین جا می خوابیم تا صبح زود و بعد میریم سانفرانسیسکو.»

«من روی همین مبل می خوابم آرش جون. فقط یه پتوی تمیز که بو نده برام پیدا کن. اگرم پیدا نکردی عیبی نداره. با گرمای تو می خوابم. تو هم اگه می خوای برو تو اتاق اونا بخواب.»

«باشه مامان، من به این چیزا عادت دارم. بریم بیرون. هم خسته ام هم گشنه و هم خوابم میاد. بریم یه چیزی بخوریم و برگردیم.»

اولین رستوران را انتخاب کردند و اولین غذا را خوردند.

خانم تهرانی در اوج آسمان سیر می کرد و آرش سعی داشت خوابش نبرد. در را باز کرد. بعد پشت آن را قفل کرد. کلید خانه را در جایی گذاشت. پتویی پیدا کرد و به خانم تهرانی داد. گونه او را بوسید و به اتاق خواب رفت و خوابش برد.

این بار خرخری که خانم تهرانی شنید زیبا و دوست داشتنی بود. خیال برانگیزوخوش بو. مثل عطر. مثل گل. بگذار این خرخررا گوش کند. و گوش کرد و پسندید و خوابش برد. چه خوابی! خواب پسر بزرگش را دید که مدت ها پیش از تهران رفته بود. پیش از انقلاب. خوابی ساده و بی انجام. پسرش جایی نشسته بود و او را نگاه می کرد. خانم تهرانی هم او را. خواب به همین سادگی بود. خوابش مدت ها طول کشید و وقتی که بیدار شد صبح خیلی زود بود. سر و صدایی شنید و حدس زد که آرش بیدار شده است. نگاهی به اتاق احمد

آقا انداخت و دید آرش دارد آماده می شود که از خانه بزنند بیرون. بالاخره آن لحظه رویایی فرا رسید. با هم توی ماشین آرش نشستند و راهی سان فرانسیسکو شدند.
سر راه جایی قهوه و چایی خوردند و صبحانه ای اندک.
خانم تهرانی اندیشید: «این چایی هایی که در کیسه هستن باید خیلی سعی کنن تا مزه شون حتی نزدیک شه به چایی هایی که خودمون دم می کنیم.»
«آرش جان، وقتی رسیدیم به شهرتون می شه یه جایی وایسی چایی بخریم؟»
«تو خونه دارم مامان. نمی دونم اسمش چیه ولی بد نیست.»
«هر چی باشه از این چای های کیسه ای بهتره.»
هوا خوب بود و باد آرامی می آمد. بهترین چیزی که خانم تهرانی می خواست. سکوتی بسیار طولانی.
«هنوز داری دنبالش می گردی؟»
انگار دشنه ای به قلب خانم تهرانی فرو کرده بودند. نگاهی به آرش کرد و صورتش را از او پنهان کرد.
«آره! هنوزم دارم می گردم. هر روز و شب می گردم. هر لحظه می گردم. بالاخره پیداش می کنم. زنده یا مرده.»
«مامان، ول کن. معلومه چی شده. دیگه دنبالش نگرد. بسه. خودتو حروم می کنی. فکر آرام و بچه هاش باش. فکر من باش.»
«فکر همتون هستم. برای همینه که اومدم این جا. ولی بالاخره پیداش می کنم. زنده یا مرده.»
همه اطرافیان قصه شوهر خانم تهرانی را می دانستند. بعد از انقلاب روزی ناگهان غیبش زد. خانم تهرانی تمام کمیته ها و

اداره های دولتی و دادگاه ها را سرزد. هیچ کس از شوهرش خبر نداشت.

«آخه مگه میشه یه نفر همین طوری ناپدید بشه؟»

و برادری که با ریش نتراشیده، پشت میز لمیده بود می گفت:

«والا ما که خبر نداریم خواهر... ایشون ضد انقلابی...چیزی نبودن؟»

خانم تهرانی سعی می کرد جوش نیاورد.

«بر فرض هم که خدای نکرده بودن، نباید بفهمیم که کجاس؟»

«خواهر...فقط الله یعلم بالامور»

خانم تهرانی می گفت:

«مردم انقلاب کردن که بفهمن چه خبره...حالا هیچ کس نمی دونه آقای تهرانی کجاس؟ این زبون بسته که آزارش به هیچ کس نرسیده بود...»

و می زد زیر گریه تا برسد به خانه.

سر زدن به این کلانتری و آن پاسگاه و آن کمیته بی جهت بود. هیچ کس خبری از آقای تهرانی نداشت. بعضی می گفتند اعدام های خیابانی زیاد شده، شاید بجهتی او را اعدام خیابانی کرده‌اند.

«غیر ممکنه...زبون بسته اصلا حرف معمولیشو نمی تونست بزنه...چی می تونه گفته باشه که توی خیابون اعدامش کرده باشن؟ اصلا نه توی تظاهرات می رفت و نه بیرون...همش خونه نشسته بود.»

خانم تهرانی توی این فکر ها بود که آرش تلفنش را به او داد.

«مامان، آرامه.»

گوشی را گرفت.

«سلام آرام جون، قربون صدات برم ...» و صحبتی که انگار تمامی نداشت.

«کی میایی ببینمت؟»

و آرام جواب داد: «آخر هفته دیگه یه تعطیلی بلنده. همه با هم می‌آییم.»

و خانم تهرانی با لبخندی به بلندی صورتش خداحافظی کرد و گوشی را قطع کرد.

«می دونم. آرام و زن و بچه هایش میان اینجا. می تونم یه قولی ازت بگیرم، مامان؟»

«قول؟ بگو... هرچی بخوای قول میدم»

«حرفی از بابا نزن...»

بارديگرخانم تهرانی به پنجره رو کرد و چیزی نگفت. حتی اشک هایش را هم پاک نکرد. تا آرش نفهمد. راهی دراز بود و خانم تهرانی به دورها گذر کرد و در دورها غرق شد وآرش می پنداشت که خانم تهرانی خواب است، که نبود، ولی آرش حتی صدای رادیو را هم کم کرد، مبادا که مادرش از خواب بیدار شود.

دو

آرام هشت سال داشت. هنوز یکی دو سال به انقلاب اسلامی
مانده بود. هنوز می شد از بابابرفی خواست تا ساز آرام را بر
دوش نهد و او را تا میدان بهارستان ببرد به کلاس موسیقی.
بابا برفی راهمه محله می شناختند. قوی هیکل و بلند بالا
بود و می توانست در مدتی کوتاه برف های همه همسایه ها
را بروبد.

کلاه نمدی را هیچگاه از سر بر نمی گرفت و شلوار سیاه و
گشادش همیشه پایش بود. ماهی را با استخوانش می خورد.
قدرت فراوانی داشت. اجسام برایش حکم اسباب بازی را
داشتند. آجر های این قسمت ساختمان را در نیم دقیقه به آن
سو نقل می کرد.

به خانواده ما تهرانی ها احترام می گذاشت چرا که همسرش
در خانه ما زندگی می کرد و کمک فراوانی بود برای مادرم.
آنقدر افتاده بود که همه خواهان و مواظب اوبودند.

«آقا این چوب ها را می خواهید نگهدارید؟»

آقای تهرانی اندکی می اندیشد و می گفت: «نه!»

آخر و عاقبت چوب‌ها معلوم بود که کجاست. همه را بر دوش می‌گرفت و جایی خالی می‌کرد. آرام هفته‌ای سه غروب خندان و شاد به سوی کلاس موسیقی می‌رفت. بابا برفی ساز را بردوش داشت و آرام بدنبالش روان. کسی توجهی نمی‌کرد. چرا توجه بکند؟

ماه‌ها بود این ماجرا ادامه داشت. بابا بابرفی به کلاس می‌آمد. بابا برفی بیرون می‌نشست. حداقل یک ساعت. دوباره ساز را بدوش می‌گذاشت و به خانه بازمی‌گشتند. جعبه ساز را از دسته‌اش هیچگاه نمی‌گرفت و بر دوش می‌گذاشت.

آن غروب داشتند به کلاس نزدیک می‌شدند. پاسبان جوانی که به تازگی از کارخانه پاسبان سازی بیرون آمده بود جلویشان را گرفت.

« این چیه رو دوشت؟»

«ساز آقازاده اس. میره کلاس»

این آغاز یک ماجرای نسبتا طولانی بود.

پاسبان جوان گل از گلش شکفت. یکی دوروزی نبود که کلاه پاسبانی بسر گذاشته بود یا بسرش رفته بود. باید خودرا چرخی بدهد و نشانی بدهد و حالا بهترین فرصت است.

«بزارش پایین»

بابا برفی به آرام نگاهی کرد.

«آقازاده دیرش میشه. کلاس همین بغله... بیا با ما با معلمش حرف بزن»

«آقا زاده کیه؟ معلم کدوم خریه؟ من بهت میگم بذارش زمین بگو چشم.»

نصف بابا برفی بود. اما لباس پاسبانی به تن داشت. سیگاری

هم زیر لب. دودش چشم آرام را می آزرد.

بابا برفی ساز را گذاشت روی زمین.

«وازش کن می خوام ببینم چه سازیه توش.»

این فرمان اندکی مزاح در بر داشت. انگار که پاسبان می داند که داخل جعبه چیز یا چیز های دیگری است جز ساز. معلوم است درسش را خوب خوانده یا اقلن خوب حفظ کرده.

مردم کم کم جمع می شدند. پاسبان جوان از شدت خوشی صدایش می لرزید. تلاشی برای خلوت کردن خیابان از آدم های بیکار نمی کرد. حرفش خریدار داشت و کسی جلویش نمی ایستاد.

«گفتم وازش کن. می خوام ببینم توش چه سازیه.»

یکی دو نفر به هواداری از پاسبان جوان خیز بر داشتند.

«بابا خب درشو واز کن. اگه توش چیزی نداری وازش کن.»

و صدایی از آن طرف می گفت: «بابا صلوات ختم کنید.»

بابا برفی کلافه به آرام نگاه می کرد. حالا رفته رفته حلقه بزرگی از مردم بدور آن ها جمع شده بودند.

نگاه پاسبان جوان با آن سیگار گوشه لب سر تا پای آرام را می لرزاند. با لرز و ترس درسازش را باز می کرد. صدا از کسی شنیده نمی شود. پاسبان جوان دستان را بر کمر گذاشته و منتظربود. ساز می درخشید.

همهمه ای پیچید.

«این که سازه.»

پاسبان جوان که در حمله اول باخته بود خود را نباخت.

«اینو از کجا آوردی؟»

بابا برفی توضیح می داد:

«گفتم که. متعلق به آقا زاده س. دارم می برمش کلاس. تو همین کوچه بغلی.»

صدای کسی از میان جمع شنیده شد.

«آره تو کوچه بغلی یه کلاسه. همش صدای تار و تنبور ازش می آد.»

پاسبان جوان سعی کرد کنترل اوضاع را دوباره بدست بیاورد.

«گفتی ایشون ساز می زنن؟»

«بعله»

«از کجا بفهمم راست می گی؟»

آرام جوان بود. همه چیز را در مشت و بزن بزن می دید.

آرام فکر می کرد:

«بابا برفی میتواند با دوسه مشت پاسبان و جمعیت را حریف شود» ولی بابا برفی کوتاه می آمد.

آن روز ها نه کامپیوتر بود و نه تلفن دستی که فورا کمک طلب شود. مشکل می بایست با تردستی بابا برفی، کم حرفی آرام، و حماقت پاسبان جوان حل شود که بالاخره شد.

پاسبان جوان رو به آرام کرد و گفت:

«تو این را می زنی؟»

«بله»

«بزن ببینم بلدی یا نه.»

رنگ آرام حتما پریده بود. وسط پیاده رو و جلوی این همه آدمیزاد ساز بزند؟ همه نگاه می کردند.

صاحب قهوه خانه روبرویی قطعن یک فوق لیسانس مدیریت اداری از هاروارد در دست داشت. شاگردش فریاد می زد:

«چای داغ... چای دبش... چایی تازه، چند تا بیارم؟» و سفارش پشت سفارش.

«دوازده تا»

«الان میارم.»

پاسبان جوان داشت به اولین دستاورد پلیسیش می رسید.

فرداست که در روزنامه ها بنویسند پاسبان جوانی توانست از روی حقیقت پرده بر دارد. مرد غول آسایی سازی را دزدیده و می خواسته تمام گرفتاری را به گردن این کودک بیندازد.

عجب خوراک خوبی برای مطبوعات.

«کلاس همین بغله. بریم معلمم را ببینیم. استاد ...»

پاسبان حرف آرام را قطع کرد.

«یا کلونتری یا بزن.»

کلمه کلانتری لرزه به اندام آرام انداخت. دزدان، مستان، بچه بازها ... در این غوغا کسی یک پیت حلبی جلوی آرام گذاشت و ساز را روی آن نهاد.

«بزن آقا پسر اگه بلدی. غایله رو ختم کن. کار داریم باید بریم. چقدر این جا معطل بشیم؟»

آرام اندیشید:

«به من چه؟ همش تقصیر این تیمساره! مگه مجبورین جمع بشین؟»

صدای «بزن، بزن» از لابلای جمعیت شنیده می شد.

باشد. می زنم تا غایله ختم شود.

سکوتی بر همه جا پهن بود هنگامی که مضراب به دست گرفت.

«چی بزنم؟ درآمد اول شور؟» بخاطرش می رسید که آهنگی را تازگی شنیده بود که به نظر محلی می آید. شروع کرد.

اول یک بشکن و بعد دو بشکن و بعد چندین بشکن و اندکی

بعد جماعتی که داشتند دست می‌زدند.

ناگهان صدای خنده مردم بالا گرفت. آرام نمی دانست چرا ولی چند لحظه بعد پیر زنی را دید میان جمعیت که داشت قر می داد و جلو می آمد. وضعیت کاملا از دست آرام و بابا برفی در رفته بود. تیمسار جوان که کاملا شیفته ماجرا شده بود سیگار دیگری گیراند با ته مانده سیگار قبلی.

ته سیگار را پیرمردی با زحمت از او گرفت تا آنرا تا به آخر بچلاند. رقص زن پیر همه را شادان می کرد. غیر ممکن بود بتوان چنین جماعتی را در این زمان مختصر این چنین خوشحال کرد. ناگهان صدای آمرانه ای بگوش رسید. رفته رفته جمعیت ساکت می شد.

جناب سروانی با دو ستاره بردوش جمعیت را می شکافت و جلو می آمد. پاسبان جوان رنگ برو نداشت و پاک خود را باخته بود.

«این جا چه خبره سرکار؟ راه بند اومده.. چه خبره اینجا؟»

پاسبان به تته پته افتاد.

«این قرتی بازی ها چیه؟ چرا مردم دارن می رقصن؟ گروهبان فورن خودت را به پاسگاه معرفی کن. همونجا بمون تا من بیام.»

پاسبان جوان بالا گذاشت و دوید.

«لطفا متفرق شین.»

به آرام نگاه کرد.

سال های زیادی گذشت تا آرام بتواند واقعه آن روز را هضم کند. پاسبان جوان حالا کجاست؟ سال ها بعد از انقلاب. هنوز در محله ها جلوی این و آن را می گیرد؟ بازنشسته شده

است؟ زنده است؟ بیرونش کردند؟ به قوای انقلابی پیوست؟

تغییر لباس داد؟ بر سر جناب سروان چه آمد؟

آرام آن روز به کلاس موسیقی دیر رسید. از آقای تهرانی

خواست تا اجازه دهد خودش سازش را به کلاس ببرد. آقای

تهرانی هم اجازه داد. سنگین بود برای آرام. اما دیگر پاسبان

جوانی نمی توانست مجبورش کند برای جماعت هنر نمایی کند.

می توانست؟

سه

خانم تهرانی بیاد آن روز اندکی در دلش گریست. وقت ناهار بود.

«مامان، بریم ناهار بخوریم؟»

«بریم عزیزم.»

خانم تهرانی را خیال و غصه و وهم تنها نمی‌گذاشت.

چهار

عصربود. ماه هایی بعد از انقلاب. داشتند میراندند تا سلامی به خانواده بگویند. هوا داغ بود و توی آینه ماشین پشتی را می دیدند و راننده آنرا به مشکل.

به همسرم گفتم: « نگاهی به عقب بینداز. شاید راننده ای از ستاره ای یا سیاره ای دیگر به داخل ما آمده است»

گفت: «خونسرد باش. یک بچه پشت رل نشسته. چهار راه را که بگذرانیم مشکلی نداریم».

نفسی عمیق کشیدم که وسط آن بریده شد با برخورد ماشین پشت سر با ماشین ما.

ترمز. پایین آمدیم. پشت ماشین زخمی شده و بر اساس قوانین جهانی اگر کسی از عقب به شما بزند مسؤول است.

پسر بچه ای از ماشین عقبی بیرون پرید و ناپدید شد.

تا آمدیم او را بیابیم دوره شده بودیم بوسیله جوانان و میان سالان و پیران محله.

همه داغند. مثل هوا.

«اگه اجازه بدین صبر می کنیم تا پلیس بیاد.»

کسی می‌گوید:

«پلیس بیاید که چی؟ من خودم دیدم که شما ناگهان زدی روی ترمز.»

داغی از چهره اش می ریزد. می گویم:

«شما دیدید راننده کی بود؟ بگمانم یک پسر بچه بود.»

« بود که بود...»

و داد می زند:

«همه صلوات بفرستن.» که می فرستند.

دلایل دارند ردیف می شوند برای تصمیم نهایی. این ها زیادی داغند. گرانی رو به بیداد گذاشته است و جنگ با عراق شیره مردم را دارد می مکد. توی صف باید بایستند تا کره بگیرند. خانم تهرانی دوباره به خواب رفت. خواب که نه.

پنج

زمستانی طولانی نیاز داریم تا داغی ها بخوابد و همه آرام
شوند. اما ما ناچاریم در این داغی سفر کنیم. سفر طولانی
است و راه طولانی. بهترین و شاید عجیب ترین راه این است
که شب برانی. وقتی آرام کوچک بود داشتیم به مقصد تهران
می رفتیم. زندگی آرامی داشتیم و رفتن تهران برای دیدن
خانواده غنیمتی بود.
تابستان بود. گرما بیداد می کرد. هر از گاهی ناچاربودیم راهی
طولانی را برانیم تا به پایتخت برسیم.
پیکانی داشتیم که کولر نداشت.
یادتان باشد. یکی دو سال از انقلاب گذشته بود. نه تنها
تابستان داغ بود بلکه علاقه ها و برخوردها و انقلابیون و ضد
انقلابیون هم داغ بودند. داغی بیداد می کرد. یک مکالمه کوتاه
می توانست به جدلی داغ تبدیل شود و یک لطیفه مضحک
خنک می توانست چند دیگ آب را جوش بیاورد .
از آپارتمان ها و خانه ها و باغ ها و مدرسه ها و دانشگاه ها
بوی داغی به مشام می‌رسید. انگار که یک کتری روی گاز

همه گیر افتاده باشد و مجال فرار نیابد.

شب خنک‌تراست و تا چشم به هم بزنی روز شده و به مقصد
می رسی. خیال باطل. کودکان دیروز خیابان بندانان کنونیند و
نیازی هم نیست تا به مدرسه پاسبان سازی بروند.

نزدیک یکی از روستاهای میان راه جاده را بسته اند. رضا
ترمز می کند و می ایستد. نور چراغ قوه بزرگی چشمش را
آزار می دهد.

«ماشینو خاموش کن»

رضا می گوید:

«خاموش می کنم. فقط امیدوارم در وسط این بیابان کودکم
بیدار نشود که خواباندنش ممکن است مشکل باشد.»

«کجا میری؟»

«تهران»

«این موقع شب؟»

«خنک تره. ماشین پیکانم کولر نداره»

«صندوق عقب رو بزن بالا»

پیاده می شود و با کلید در صندوق عقب را بالا میزند.

«اینا چیه؟»

«لباس های کودکم. پوشک.»

جوانک کمی می‌گردد و باز پوشک پیدا می کند.

«آقا چقدر پوشک داری؟»

«والا با این قیمت ها که داره میره بالا ناچارم ملاحظه کنم و
چند تا جعبه ذخیره داشته باشم.»

یک اسلحه کمری و یک کلاشنیکف. می توانیم شرط ببندیم که
بیشتر از سیزده سال ندارد.

مدرسه نمی رود؟ درس ندارد؟ پدر و مادرش در این وقت
شب کجا هستند؟ اجازه گرفته که بیرون بماند؟ به نظر می رسد
سرنترس داشتن و جوانی میانسال بودن وعشق به بستن اسلحه
کمری و این که همه جلوی تو جا بزنند و هر دستوری بدهی
اطاعت کنند کوچکترین چیزی است که بزرگترهای این بچه
آرزو دارند.

در نظر بگیراگر چندین هزار از این نوجوان ها را داشته باشی
به هر چه می خواهی می رسی. کلاس و مدرسه که نمی روند،
سواد که ندارند، فوقش اینست که اگر روزی جلویت ایستادند
یک مدرک قبولی پیشکششان می کنی.

«برادر جواب منو بده.»

رضا مثل این که رفته بود توی فکر، در میانه شب، در میانه
راه، در میانه سفر، در میانه یک روستای دور، و در میانه قرنی
نیم سوز و زیر خاکستر. او را برادر خطاب می کرد. رضا فکر
می کرد:

«این روزها همه یکدیگر را برادر می نامند. برادر من که
نیست. اسلحه به کمر جلوی من می ایستد و مرا سوال پیچ می
کند.»

«برادر جوابمو ندادی!»

«چی؟»

«جوابمو بده»

«ببخشین. چی می خواستی بدونی؟»

«تصدیقتو بده»

رضا دست به جیب برد و تصدیقش را داد. جوانک رفت
جلوی ماشین. چراغ قوه اش را روی نمره ماشین انداخت.

سرش را تکان داد و آمد جلو.

«برادر این شماره تصدیق با شماره ماشین نمی خونه.»

خانم تهرانی لبخندی زد همان گونه که رضا لبخند زده بود. از کی نمره ماشینت باید با شماره تصدیق بخواند؟

خانم تهرانی اندکی گریست. «یعنی به همین سادگی رضا را از دست دادم؟»

شش

جوانک نگاهی به صندوق عقب می اندازد.

«این چیه؟ توش چیه؟»

«آبه. برای بچه ام»

در بتری آب را باز می کند و آن را می بوید. دماغش به دهانه
بتری می خورد. آن را به آقای تهرانی می دهد.

«می تونی بری برادر.»

رضا در صندوق عقب را می بندد. راه می افتد. اندکی پایین تر
ترمز می کند. پایین می آید. در صندوق عقب را باز می کند.
بتری را در می آورد. با خشمی زیاد آنرا توی خاک کنار جاده
پرت می کند. شیشه می شکند.

می گوید:

«دهنش خورده بود به شیشه. اجازه نمی دم بچه ام از این
بتری آب بخوره.»

در ماشین را می بندد و راه می افتد. هوا کم کم دارد روشن
می‌شود و راهی دراز در پیش است.

هفت

بغض گلوی خانم تهرانی را می فشرد ولی رویش به پنجره
بود. و بالاخره رسید به خانه آرش و لبخند خانم تهرانی دیدنی
بود وقتی که دید خانه آرش چقدر منظم تر از خانه احمد
آقاست. شب خوشی را با هم گذراندند، فارغ از دغدغه های
روز و ناخوشی های شب. خانم تهرانی تنها به فرزندانش
فکر می کرد و به نوه هایش. رضا، جای خود را داشت. می
پنداشت که ممکن است رضا را همین جا ببیند. می پنداشت که
ممکن است رضا را هر جا که ممکن است ببیند، ولی نمی دید.
حرف آرش را بیاد می آورد:

«حرفی از بابا نزن...»

اندیشید: «چرا؟»

شب براحتی سپری شد. خانم تهرانی خوب خوابید و زود بیدار
شد. چایی دم کرد و منتظر ماند که آرش بیدار شود.
تلفن دستی آرش از توی اتاقش زنگ زد. آرش مدتی مشغول
گفتگو بود. بیرون آمد. درهم رفته و پریشان.

«مامان، باید یکی دو روزی برم شهر بغلی برای کار... کاره
دیگه... کاریش نمیشه کرد. شما راحت باشین من زود بر می
گردم.»

خانم تهرانی با مهربانی گفت: «اشکالی نداره. تو راحت باش
فقط...»

و زنگ آپارتمان به صدا درآمد. بار خانم تهرانی وارد شده
بود. خانم تهرانی ساعت ده صبح پسرش را بوسید و آماده شد
تا یکی دو روز تنها بماند. نمی‌خواست جایی برود. همه‌چیز
را آرش برایش فراهم کرده بود. کلید خانه را هم داشت. هوا
نسبتن خوب بود و باران اندکی می‌آمد.

هشت

تلفن خانه زنگ زد. گوشی را برنداشت.

غروب بود که نشسته بود و یک تلویزیون ایرانی را نگاه می کرد. گوینده با شدت غرب را می کوفت که همه و همه از غرب بشدت خورده اند و غربیان برده اند و مردم ایران این میان بشدت باخته اند.

شنونده ای پشت خط تلفن می پرسید: «پس یعنی مردم عادی هیچ کاره بوده اند؟» و گوینده انگار که ...

تلفن دایم زنگ می زد. از جایی نامعلوم. گوشی را برداشت. کسی گفت «الو» و تلفن قطع شد.

این اولین باری نبود که خانم تهرانی به آمریکا می آمد. اولین باری نبود که مزاحم تلفنی داشت. وقتی که آرش در لوس آنجلس زندگی می کرد همیشه می گفت: «مامان اینجا تهران جلسه. نگران نشو. شاید بعضی ها خاطرتو می خوان!» که خانم تهرانی دنبال آرش می کرد و می گفت:

«زبونتو ببر پسرا!»

و وقتی که از وقت شوخی می گذشت آرش بود که به او دلداری می داد: «گذشت مامان، گذشت! جوونیتو خراب کردی حالا داری میون‌سالی تو خراب می کنی. رفته! رفته!

مگه می شه آدم این همه سال غیب بشه بعد یه هو پیداش
بشه؟ شما از کره مریخ می آیی یا از تهران؟»

خانم تهرانی بلند داد می زد: « از میون سالیم هم گذشت!»
کمی در خانه پرسه زد و تاعصرمنتظرماند. کلید را برداشت و
از خانه بیرون رفت. به هوای تازه نیاز داشت. گشت و گشت
و برگشت.

کمی پیاز سرخ کرد. یکی دوتا سیب زمینی را در آن خرد کرد
و نمک و فلفل و و رب گوجه فرنگی و یک تخم مرغ در آن
شکست. این غذای مورد علاقه آقای تهرانی بود. با اشتها و
اشک آن را خورد. تلویزیون را روشن کرد.

آرام زنگ زد. مدتی با هم حرف زدند و درآخر خانم تهرانی
گفت: «چشم براهتم. چشم براه اون کوچیکا هم هستم
چطورن؟»

«میان به دست بوست مامان. کتی خیلی دلش می خواد تو رو
ببینه»

«منم همین طور عزیزم. چشم براه همتونم»
خیالش قدری راحت تر شد. لباس سبکی پوشید. چتری
برداشت و برای قدم زدن بیرون رفت.

بالاخره روزی که خانم تهرانی آرزویش را می کرد فرارسید.
آرش و آرام بودند و کتی بود و نوه های خانم تهرانی. نوه ها
فارسی نمی دانستند ولی چشم هایشان به همه زبان ها حرف
می زد. چقدر به خانم تهرانی خوش گذشت.

«آرام، سازت رو آوردی؟»
«می خواستم بیارم ولی این وروجکا اونقدر چیز دارند که

دیگه صندوق عقب داشت عصبانی می شد!»

«عیب نداره عزیزم. هنوز ساز می زنی؟»

«ای... بعضی وقتا.»

و خانم تهرانی حرفش را خورد که می خواست بگوید «بابات
همیشه می خواست موسیقی توی خونه ما براه باشه برای
همین بود که اونهمه دوست داشت که همه اهل موسیقی باشن.»

نه

شب دوم آرش کلی آدم را دعوت کرده بود. بعضی هاشان
خانم تهرانی را می شناختند و بعضی هنوز او را ندیده بودند،
ولی تقریبا همه از ناپدید شدن آقای تهرانی با خبر بودند.

به سبک همه مهمانی های ایرانی، مهمان ها یکی دو ساعت
بعداز ساعت آغاز مهمانی وارد می شدند. خانم تهرانی چند
جور غذا آماده کرده بود و خوب می دانست که شام زودتر از
ساعت ده خورده نخواهد شد.

بعضی از مهمان ها این سو و آن سو می رفتند و بار کوچکی
را که آرش تهیه دیده بود دوره کرده بودند. دو نفر مرد مسن
تخته می زدند و برای هم کرکری می خواندند و خانمی پشت
پیانوی رنگ پریده و بی کوک آرش نشسته بود و سعی می‌کرد
گل سنکم را بزند.

خانمی به خانم تهرانی نزدیک شد.

«خب، خانوم جون، شنیدم خیلی سخت گذشته بهتون!»

«بله ... یه کم سختی داشتم اما مهم نیست، بالاخره خانواده ام
را دیدم»

«آقای تهرانی هم باهاتون اومدن؟»

خانم تهرانی نمی دانست که چه بگوید. این خانم می دانست که آقای تهرانی ناپدید شده است؟ نمی دانست؟ حرف را عوض کرد.

«شما کجا میرین برای درست کردن ناخن هاتون؟»

اشاره کرد به ناخن های خانم.

«اتفاقا نزدیک به خودتونه. آدرسش رو به آرش خان میدم»

بچه ها دنبال هم می دویدند و مادران و پدرانشان کمی نگران آنها و کمی خوشحال که همبازی پیدا کرده اند.

آقای مسنی با موهای رنگ کرده مثل شبق به خانم تهرانی نزدیک شد. «ارفع هستم. خوش آمدید.»

«ممنون. خیلی وقته آمریکا هستین؟»

« درست از روز اول انقلاب. مگه اونجام جای زندگیه؟»

«والا نمی دونم ... باید باشه ... هنوز خیلی ها اون جا موندن.»

آقای ارفع راضی نشد.

«نه خانوم... چند میلیون از کشور بیرون زدن. فقط یه سری در و دهاتی موندن. همه مغز ها فرارکردن.»

بعد انگار که دوزاریش افتاد گفت:

«البته می دونم یه عده ای ناچارن بمونن ولی خوشحالم که شما می تونین بیاین و برین. شنیدم که ...»

و حرفش را فرو خورد. آقای ارفع که حراف بسیار معروفی بود، این بار کنار زد. خانم تهرانی خیره به چشمهایش نگاه می کرد و ارفع خودش را جمع و جور کرد و ناگهان با مردی هم سن و سال خودش به گفتگو نشست.

«آقا این ایستگاه تلویزیونی جدید رو دیدین؟»

«کدوم یکی؟»

«بابا این جدیده. آقای سعیدی...که همیشه پاپیون می زنه ... عالیه آقا، عالیه»

«بی ادبی نباشه. یارو اصلا نمی فهمه چی میگه. اگه می خواین بفهمین چی داره اتفاق می افته رادیوجدید رو گوش کنین... اسمش بخاطرم نیست اما واضح حرف می زنه. از اوضاع خبر داره. یه چیزی می دونه.»

«شما داری راجع به برنامه این یارو صفاپور حرف می زنی؟»

«درسته صفاپور ... این آدم چقدر می دونه»

«شما این آدم رو می شناسین؟»

«نه»

«میگن از خودشونه. میگن سوپاپ اطمینانه. میگن همه رو گزارش میده. میگن ... آخه این همه پولو از کجا میاره؟ هان؟ آگهی چندانی هم که نمی گیره.»

«از کی تا بحال جنابعالی متخصص امور آگهی شدین؟»

«بنده موقعی که توی وزارت خارجه کار می کردم ...»

«حاج آقا... شما زبون فارسی رو بلد نیستی حرف بزنی اونوقت تو وزارت خارجه کار می کردی؟»

گفتگویشان داشت به جاهای باریک می کشید. خانمی میانه را گرفت و گفت:

«آقایون ... همه ناراحتی کشیدیم ... حالا چرا نمیاین یه چیزی بخوریم؟»

خانم مهرتابان داشت با آقایی حرف می زد. خانم مهرتابان چهره ای دوست داشتنی و مهربان داشت و صورتی گیرا. می گفت چگونه سر از آمریکا در آورده است و انگار این

اولین بار نبود که داشت این داستان را می گفت.

«آقا شوهرم رو اعدام کردن، همون روز اول، ناچار شدیم از طریق پاکستان خارج بشیم. گفتن باید قاطی گوسفندا بشیم، لباس گوسفندی پوشیدیم و از مرز رد شدیم.»

بعد رویش را به طرف مهناز خانم که همسایه اش بود بر می‌گرداند و با خنده و یواش می گفت: «امان از دست بعضی از این گوسفندهای نر!»

خانم تهرانی مقدار زیادی غذا فراهم کرده بود. بیش از اندازه. به سبک ایرانی ها. آرش می گفت تا یک هفته غذای مونده داریم و آرام می گفت بچه ها که کتلت و کوکوی سبزی دوست دارن و منم می میرم برای پلو.

ده

صبح روز بعد، خانم تهرانی داشت به آرامی ظرف ها را می‌شست که صدایی شنید. آرام بود.

«مامان، چرا نمی ذاریشون توی ماشین؟»

«این جوری راحت ترم. با دست تمیز تر میشن.»

«مامان چایی دم کردی؟»

«بله. بریزم برات؟ «

«نه. ممنونم. خودم می ریزم.»

آرام یک چایی برای خودش ریخت و دید آرش دارد می آید.

«سلام داداش»

آرام گفت سلام آرش.

آرش، آرام را داداش می نامید.

«مامان یواش. بچه ها بیدار میشن»

«چشم!»

و خانم تهرانی دستش را شست، برای خودش یک فنجان چایی ریخت و آمد پیش پسرانش. کمی به یکدیگر نگاه کردند که ناگهان خانم تهرانی زد زیر گریه.

آرش و آرام دو طرف خانم تهرانی نشستند و بغلش کردند.

«مامان»

خانم تهرانی گفت:

« آرش می تونی ما را یه جای خوب ببری؟ دیگه بارون نمیاد. می خوام ببینم این دو تا بچه میدون و بازی می کنن. مثل شما دو تا... وقتی که کوچیک بودین.»

و دوباره پسران مادر را در آغوش گرفتند.

آن روز آرش و آرام برای فردا به خرید رفتند.

«مامان، کتی را تنها نگذار... ما زود برمی گردیم.»

کتی خانه مانده بود و نوه های خانم تهرانی. کتی داشت به پریسا شیر میداد. خانم تهرانی با اشاره به کتی فهماند که می خواهد جهان را بیرون ببرد. و زبان بین المللی و حرکت دست‌ها کار خودش را کرد. خانم تهرانی جهان را برد تا او را اندکی بچرخاند. کتی به انگلیسی به جهان گفته بود که بیرون از ساختمان نروند.

یازده

از دفترخاطرات خانم تهرانی

می‌گویم می‌خواهی کمی با هم راه برویم؟ می‌پرد و کفشش
را به پا می‌کند. چشمانش چشمان پدر است. فروغ زندگی
درآن موج می‌زند. اگر خطی جاودانه بتواند کشیده شود بین
این دو چشمان است. بریم. هنوز راه نیفتاده ایم که مادرش
دوباره صدایمان می‌کند. به انگلیسی می‌گوید: «بیرون نرین.
همین جا تو ساختمون باشین».

دوباره حرکت دست ها. حالا سفرمان محدود شد به چند
راهروی دراز. دست من را گرفته و راه می‌رود. ته لبخندی
به لب دارد. شاید می‌پندارد در کنار ساحل هستیم یا بر فراز
یک کوه. راهرو را تا انتها می‌رود. البته در راهرویی به چنان
درازی قدم زدن باید مزه ها و بوهای خاصی را هم تجربه کرد.

«این بوی چیه؟»

نفس عمیقی می‌کشم. نمی‌فهمم چه می‌گوید ولی حدس
می‌زنم. انگار همه بوها را از قندهارگرفته تا مغز تایلند و از
نیو اورلان تا روستاهای اوکراین می شناسم. آرزو می‌کنم
می‌توانستم اینقدر زود با دنیا کنار بیایم.

«عاشقتم!»

دوازده

معصومه خانم سال ها در منزل مادر خانم تهرانی و خانم تهرانی زندگی کرده بود. شوهری داشت که کار نداشت و دو پسر که بخرج مادر خانم تهرانی به مدرسه می رفتند. دوران انقلاب شروع شد. شوهر معصومه خانم بکّلی عوض شده بود. به معصومه خانم که قبلا می گفت معصومه حالا می گفت ضعیفه. خانم تهرانی جوش آورده بود:

«بابا تو بیست و چند سال با این زن زندگی کردی. حالا بهش میگی ضعیفه؟»

معصومه خانم می گفت:

«چی بگم. انقلابی شده. میگه باید چادر سرت کنی. مقنعه ببندی. به همه میگه خواهر یا برادر. به من میگه منو با اسمم صدا نزن. بهش میگم بابا حالا انقلاب شده ولی من و شما که فرق نکردیم! میگه هر جمعه باید بری نماز جمعه و بچه ها را هم باید با خودت ببری. یه دفه گفتم من نمیام گفت گزارشت رو میدم.»

سیزده

روزی که خاخام درگذشت

در محله ای بزرگ شدم که بیشتر همسایگانمان کلیمی بودند.
نزدیکترین همسایه دیوار به دیوار، خانواده ای بود بسیار
محترم. مادروپدر به آنها احترام می گذاشتند و ما از پی آنان.
پدر بزرگ خانواده شان خاخام بود و آن روزها نمی دانستم
که چرا آن کلاه را همواره بر سر دارد و آن کت را بر دوش. و
آرام بود بسان کوچه مان که در دل تهران بزرگ خفته بود و
نشانی از نا آرامی در آن دیده نمی شد.
ریشی کوتاه و سفید داشت بسان ابری گذران و بدون گفتن
سلام از کنار وی نمی توانیم گذشت و بدون شنیدن جواب
سلاممان نمی توانیم به خانه رفت. چند نوه دور و بر او را
گرفته بودند. در آن روز ها معنای مرگ برای ما کودکان به
مانند صدایی بلند بود که می آمد و می رفت. نمی ماند.
چهره خردمند و پیر او برای ما کودکان محله نشانه زندگی
بود و هرگز نمی پنداشتیم که این پیر باخرد با آن چروک های
صورت و با آن چشم هایی که رفته رفته فروغ خود را از
دست می دادند و با آن موهای سپید و آن کلاه شاپو به سر،

روزی ما را ترک خواهد کرد. و بالاخره آن روز رسید.

خاخام همیشه به ما کودکان می گفت: «یادتون باشه که وقتی بزرگ شدین حتمن ازدواج کنین و بچه بیارین».

خاخام رفته بود و بچه ها و نوه های او مانده بودند. من و مادرم در مراسم شرکت کردیم و من تا می توانستم غذاخوردم تا خاخام خوشحال بماند. و خاخام قبل از اینکه برود جادویی دیگر داشت که همراه با پدر من بکار می برد:

نیمه شب ها لولوی ما کودکان، مردکی بلند قد وغول آسا و آواره بود که گدایی را بر کار ترجیح می داد.

می دانست تا آنجا که بتواند نعره بزند کسی در خانه را باز خواهد کرد و گرده نانی به او خواهد داد. سینه میزد ونعره میزد، در انتهای شب، که: «یا امام رضا، من گرسنمه...»

بچه ها از ترس بالش بر گوش می گذاشتند و کسی را جرأت آن نبود تا به چهره این غول نگاه کند، جز خاخام و پدر من که در را باز می کردند و به او جامی آب و لقمه ای خوراک می دادند.

محله آرام می شد. کودکان به خواب می رفتند و من می ماندم که چرا غول می برد و چرا خاخام کمک می کند و چرا همه کودکان محله درسی بزرگ می گیرند که کار کردن هنر نیست.

چهارده

رضا می خواست همه ما را به آمریکا ببرد. می گفت:

«چند چیز مرا به این کار وادشته اند: اول اینکه یک روز متوجه شدم دارم بلند بلند با خودم حرف می زنم. دوم اینکه دارن از سر کار پاک سازیم می کنن که چرا این طور کردی و آن طور نکردی. دست به ترکیب آدم هایی که در امور مالی و حسابداری هستن نمی زنن ولی بقیه را می تارونن. روسری و توسری اجباری شده.»

رضا تصمیم گرفته به ترکیه برود تا فقط ببیند می تواند بدون گرفتاری برود و بیاید یا نه و ببیند می تواند ویزا بگیرد؟

سفر ترکیه بقول رضا هم فال بود و هم تماشا.

برای گرفتن ویزا و آمدن به آمریکا باید به کشور سومی سفر کرد چرا که به لطف بعضی ها سفارت آمریکا در ایران گرفته شد و بعد بسته شد.

چهار صد و چهل و چهار روز را یادتان می آید؟ بگذریم.

با هواپیما وارد استامبول شد. تاکسی و بعد هتل در نزدیکی میدان تقسیم که نزدیک سفارت آمریکا نیز هست. رضا

می‌گفت:

هتل نسبتا خوبیه. درسالن نشیمن هتل نشسته ام و قهوه می
خورم. هوا خوب و مناسب است برای کمی استراحت. اما
فشار فکری زیاد است: می تونیم به آمریکا بریم؟ می تونیم
راحت به آمریکا بریم؟ میتونیم زود تر به آمریکا بریم؟ و
هزاران سوال دیگر.

روز بدی را گذروندم. ترک ها که در سفارت کار می کنند فکر
می کنند ایرانی ها گوسفندند. ما را رو به دیوار روبرو قطار
می کنند و دستور از مردی به اسم اسماعیل می رسد که هر
که بجنبد نمی تواند وارد سفارتخانه شود. گوسفند ها به صف
می‌ایستند. براستی مثل گوسفند. من هم یکی از آن ها. یکی
یکی وارد می شیم و تقریبا همه با دست خالی بر می گردیم.
ترک هایی که در سفارت آمریکا کار می کنند می پندارند
که شما نباید به آمریکا بروید. پول هایتان را بیاورید و اینجا
خرج کنید ولی هیچ جا نروید. می توانم با یک آمریکایی
حرف بزنم؟ نه.

باید برگردم و شب در هتل بگذرانم. از پشت سر نگاه تیزی
را احساس می کنم. از این ببعد آن را میخ از پشت می نامم.
گاهی احساس می کنید نگاهی به پشتتان آویزان شده است.
برمی‌گردید و چیزی نمی بینید. میخ پشت سر من، اما، راحت
روی مبل نشسته بود و من را می نگریست.

بنظرم عبارت میخ پشت سر برایش اصلا مفهومی نداشت.
می نگریست و خیره شده بود و می نگریست بدون یک ذره
حیا یا خجالت.

رویم را برگرداندم و به اتاقم رفتم. کمی تلویزیون و آنگاه

یافتم که در بدترین موقع سال به استامبول سفر کرده‌ام. عید قربان است و بسیاری از جاها تعطیل و باید کلی منتظر بمانم تا دوباره به سفارت بروم و ببینم وضعیت ویزای من و خانواده چگونه است. عیبی ندارد. سیاحت می‌کنم و از دیدنی‌های استامبول لذت می‌برم. غروب تر به اتاق نشیمن هتل باز می‌گردم و باز آن میخ از پشت سر، از روبرو، و از کنار مرا بشدت می‌پاید. میخ راحتم نمی‌گذارد. میخ پیش می‌آید. می‌پرسد:

«شما پاسدار هستین؟»

«نه، چطور مگه؟»

«سلام، اسم من محسنه.»

«من رضا هستم. شما اینجا زندگی می‌کنین؟»

«نه. من در آمریکا زندگی می‌کنم. اینم عکس خانمم و بچه هام.»

دست توی جیبش می‌برد و عکس یک خانم چشم آبی و بلوند با دو بچه کاملا آمریکایی و چشم آبی را نشانم می‌دهد.

کمی نگاهش می‌کنم.

«اینا زن و بچه شما هستن؟»

«بله. توی لوس آنجلس زندگی می‌کنن.»

به خودم جرات می‌دهم و می‌پرسم:

«شما این جا توی استامبول چکار می‌کنین؟»

«برای دیدن دوستان اومدم. می تونم یه سوالی از شما بکنم؟»

«بفرمایین»

«شما پاسدار نیستین؟»

جوش میارم.

«به شما چه! تا حالا دو بار از من اینو پرسیدی!»

«می خوام ببینم دولت شما را موظف کرده که منو پیدا کنین؟»

«آخه چرا؟ اوّلا که من دولتی نیستم. دوّما که شما رو هم
نمی‌شناسم. سوّما اگر هم دولتی بودم اینقدر احمق نبودم که به
شما بگم کیم. منو بچه فرض کردی، و اگه شما اینقدر مهمی
چرا می پرسی؟»

«برادر من خلبان بود و اونا اون رو اعدام کردن.»

«بسیار متاسفم. تقصیر من چیه؟»

«شمام مثل پاسدار ها ریش داری.»

بلند می شوم و بیرون می روم.

ساعتی بعد تلفن اتاقم زنگ می زند.

«الو!»

میخ است. «بیا پایین ببین این عربا چکار می کنن.»

می ترسم. عربا؟ میدوم پایین. توی بار نشسته است.

«چی شده؟»

«نشسته بودم. چند تا بچه عرب شلوغ می کردن. خواستم
نشونت بدم.»

بنظرم کمی قاطی میاد. می گوید:

«من می میرم برای این جوان ها که به جبهه می رن. کفنشون
رو می بوسم.» و شروع می کند به گریه و یاد برادرش می افتد
که خلبان بوده است و اعدام شده است.

یاد زن و بچه اش که هیچ. این جاست که می گویم:

«بریم شام بخوریم. مهمون من.»

هر چه سعی می کنم به گارسن ترک بفهمانم از توی لیست
غذا چه می خواهم نمی توانم. اصلا انگلیسی نمی داند. من هم
ترکی نمی دانم.

بعد از دقایقی به ترکی کامل برای گارسن می گوید که من چه می خواهم. این جاست که حدس می زنم طرف نه تنها زبان ترکی می داند، نه تنها زن و بچه ندارد، نه تنها عکس دروغی است، بلکه به شدت تنهاست.»

با مأمور هتل که حرف می زنم می گوید: «یارو که اذیتت نکرد؟ همون که کفن جوان ها را می بوسه و برادرش اعدام شده و فکر می کنه همه دنیا دنبال او می گردن.»

روز بعد با اتوبوس به طرف تهران می روم. ماندن دیگر فایده ندارد! نیمه راه اتوبوس به مینی بوس تبدیل می گردد و با دو روز تاخیر به تهران می رسم. موفق. حالا می دانم که چه کنم. هنگامی که ازاستامبول بیرون می آییم شهر ها کم کم به روستا تبدیل می شوند. هر چه به طرف شرق می روید روستا ها زیادتر و مذهب گداخته تر.

وسط راه ناگاه می ایستیم و اتوبوسمان به یک مینی بوس قراضه تر تبدیل می شود. هیچ کس توضیحی نمی دهد. راننده تقریبا خواب است. پهلویش می نشینم و دایم با او حرف می زنم. کمی انگلیسی می داند و همین کار کلنجاری است با خواب او. بزور بیدارش نگه می دارم.

و رضا ادامه می داد:

رسیدن به مرز بازرگان و داستان مرز حکایتی است که می شود آن را در کتابی نوشت. ساختمانی است که آن را گمرک می نامند. من هیچ چیز ندارم که اعلام کنم. یک کیف ساده. همسفرم یک جوان است که چیزی سنگین و بزرگ را از ترکیه آورده است. مال ماشین است. می گوید این را اگر در ایران بخری کلی پول باید بدهی. قسمتی از اگزوز ماشین است که

در پارچه ای پیچیده شده.

توی یگانه راهرو گمرک قدم می زنم.

خانمی روی صندلی یکی از دفتر ها نشسته است و آقایی که
متعلق به گمرک است با او حرف می زند.

چند بار طول راهرو را می پیمایم. ناگهان فریادی از همان
اتاق به گوشم می رسد:

«بیا این جا!» صدا تحکم آمیز است. انگار پاسبانی است.

من را می گوید؟ سرم را داخل اتاق می کنم.

«با منین؟»

«بله. واسه چی این جا راه میری؟»

«بیرون کمی گرمه... کار بدی کردم؟»

«برو بیرون راه برو!»

«معلوم است دیگر. دارد کار را گیر می دهد به من که خانم
روشن تر شود. شبیه این ها را زیاد دیده ایم. روزگاریست
که هر کس می تواند پانصد دلار خارج کند. خدا می داند چه
کسی چقدر خارج می کند. همسایه ما کلی طلا خارج کرد و
هنگامی که می گفت کجا آنرا قایم کرده خنده به لبان همه و
قرمزی به روی من نشست.

به تبریز که می رسیم با یک مینی بوس عازم تهران می شویم.
این راننده هم بدش نمی آید که کمی بخوابد. به زور او را
بیدار نگاه می دارم.»

پانزده

همه بیدارند. روز خوشی است.

آرش تدارک دیده تا با هم به یک پارک بروند. نوشابه و ساندویچ و همه جور خوراک برای ته بندی.

با دو تا ماشین براه می افتند. خوشحال ترین، بچه های کوچکند. خانم تهرانی می اندیشد که چقدر منظره زیباست. درخت ها خوشحالند و نیمکت ها تمیز. کنار پارک، آب بسیار گرد آمده است و می توان براستی دریاچه ای را در آنجا دید. در آن قایق می رانند و شنا می کنند.

خانم تهرانی می اندیشید:

«کاش رضا هم این جا بود. کاش همه دور هم بودیم. تو کجا رفتی آخه؟ چیکارت کردن؟»

بچه ها می دویدند و می خندیدند و بزرگتر ها غذا آماده می‌کردند. آن طرف تر قایقی بزرگ را به آب می انداختند و سوی دیگری مرد و زن فوتبال بازی می کردند گویی پای قهرمانی جهان در وسط است. آرش آمد نزدیک مادرش:

«اوضاع خوبه؟ چرا چیزی نمی خوری؟»

«عالیه ...»

«راستی مامان اینو برام روشن کن، دیروز بعد از ظهر کسی از ایران زنگ زده و گفته زنگ می زنم نیستین حتما رفتین

بگردین... بعدشم می گه ایشالا بهتون خوش بگذره ...
«این از کجا حدس می زنه ما رفتیم بگردیم؟ اومدیم و ما تو بیمارستان بودیم و مثلن می خواستند آپاندیس منو عمل کنن ... چقدر مردم ما چیزن ...»
به زور دنبال واژه ای می گشت ... چیز ...
«زود قضاوت می کنن؟»
آخه چه احتیاجی هست حدس بزنن ما کجاییم؟ به اونا چه! بعد میگه معلومه که داره خیلی بهتون خوش می گذره ...آخه اینم حرفه؟»
خانم تهرانی گفت:
«این قدر حرص نخور، هر کس یه جوریه، بخودت برس ... راستی، یه دوست دختر داشتی، هنوزم باهاته؟»
«نه مامان از هم جدا شدیم. مادرش زیاد مایل نبود که ما با هم باشیم، بماند. حالا یه دختر ونزویلایی رو می بینم که فوق العاده س. اگه بخوای یه شب دعوتش می کنم.»
خانم تهرانی گفت:» امید وارم مث هانی نباشه!»
«بالاخره نگفتی این هانی کی بود!»
«هانی از خواب که بیدار می شه مثل هیولا می مونه ... دامنشم به این کوتاهیه !»
جیغ بچه ها گفتگوی خانم تهرانی و پسرش را قطع کرد. یک موجود خیالی داشت دنبالشان می کرد. پشت درخت ها قایم می شدند و زیر میز ها و پشت سر خویشان.
هوا مطیع بود و آب تمیز و باد آرامی می آمد و همه چیز خوب و خوش بود و خانم تهرانی اندیشید که چقدر جای رضا خالیست.

«مامان» این بار آرام بود.

«هیچ فکر کردی که این جا پیش ما بمونی؟»

خانم تهرانی آرام را نگاه کرد.

«آره ولی...»

«ولی چی؟»

سکوتی طولانی و آنگاه یکی از نوه ها بود که پشت خانم
تهرانی مخفی شده بود.

«اینا بهت احتیاج دارن. هم ما کمک توییم، هم تو کمک ما.
ول کن اون جا رو بیا اینجا پیش خودمون.»

«مادر، من که زبون شما رو بلد نیستم، باید روزا بشینم پای
تلویزیون های ایرونی، شما هم که میرین سر کار... منم بیکار،
بی دوست، فکر نمی کنم فکر خوبی باشه.»

«مامان، هر سه تایی پول رو هم می زاریم یه آپارتمان برات
می خریم. میری کلاس انگلیسی.

می دونی، اونجا صبح که سرتو از متکا بلند می کنی نمی دونی
کی سر کاره، کی نیست، قیمت چی بالا رفته، چی ناپدید شده،
همه روزت دویدن دنبال جوابه، همه روزت دررفتن از واقعیته،
بیرون مال دولت، تو خونه مال خودت، این دو جور زندگی
کردن که منو کلافه می کنه. من دوست دارم وقتی صبح بیدار
می شم توی خونه خودم باشم، با زن و بچه خودم، این جا هم
گرونی هست، اما همچنان میشه زندگی کنی، می دونی ...»

«قبول دارم اما کندن و ول کردن و اومدن خیلی آسون نیست
عزیزم. تو خیلی وقت پیش اومدی و جوون بودی، ولی من کم
کم دارم پیر می شم. شاید اونجا برام بهتر باشه.»

«هر جور دوست داری مامان، ولی اومدن تو به این جا راحت

تره تا اومدن ما به اون جا با یه زن آمریکایی و دو تا بچه که فارسی بلد نیستن.»

«اومدن من به این جا به این راحتی هم نیست آرام جون...»

این گفتگو همیشه به همین جا می انجامید. بی تکلیفی.

خانم تهرانی همیشه می پنداشت که تکلیفش این است که رضا را پیدا کند ولی در گفتگو با پسر هایش همیشه به بی تکلیفی می رسیدند.

بچه ها می پنداشتند که با ید بابا را فراموش کرد. خیلی سال گذشته. پیدایش نکرده ایم. همه سوراخ سنبه ها را گشته ایم. مامان تمام کلانتری ها و پاسگاه ها و کمیته ها را سر زده، هدیه داده، میهمانی داده، ولی خبری از این مرد نیست. دیگر بس است. نگاهمان به جلو باشد و دیروز را فراموش کنیم.

و خانم تهرانی می اندیشید که نه به همین آسانی. نه به همین آسانی...

عصر به خانه برگشتند. بچه ها از خستگی می خواستند زود بخوابند و کتی ناچار بود نزدیک دختر کوچکش باشد. آرام ماند و آرش و مادرشان. کلی از همه چیز حرف زدند. خوابشان نمی آمد. حرف حرف می آورد و صحبت گل انداخته بود.

خانم تهرانی رو به آرش کرد وگفت: «بالاخره اسم این هانی رو پرسیدی؟»

آرام پرسید: «هانی دیگه کیه؟»

آرش گفت: «داستانش طولانیه. بله مامان. فهمیدم اسمش چیه. ولی از احمد جدا شده و رفته.»

«بازم فرقی نمی کنه. این احمد آقای شما فقط به درد لای

جرز می خوره!»

«نگو مامان... بچه خوبیه فقط از صبح تا شب یه چیزایی می
زنه که قاطیش می کنه!»

«دوغ وحدت؟»

«یعنی چی؟»

«بعضی از درویش ها دوغی درست می کردند و حشیش را
به آن اضافه می کردند و می گفتند ما احساس وحدت پیدا
کرده‌ایم. به این میگن دوغ وحدت!»

آرش و آرام به هم نگاه کردند.

«خودشم میگه ... میگه آرامش پیدا می کنم..»

«ببخشیدا! غلط می کنه، فقط خوابش می بره .. همین بود که
من به هواپیما نرسیدم.»

آرام گفت: «من که حالیم نیست ولی بگذریم از این حرف ها.
راستی مامان این برنامه های تلویزیونی فارسی رو می خوای
نگاه کنی؟ می تونیم چند تا دیگه شو برات جور کنیم.»

«نه بابا... اینا همش با هم دعوا می کنن، اونم دعوای زرگری...
بهر حال ... نه. برای من خودتونو به زحمت نندازین. چند هفته
دیگه رفتنیم و ممنونم از هر دوتون.»

مکالمه با عشق و خوبی و خنده و بوسه پایان گرفت و هر
یک راهی خوابیدن شدند. خانم تهرانی نه تنها نخوابید بلکه
تازه متوجه شد که چقدر تنهاست، بدون رضا آن طرف و بدون
آرام و آرش این طرف...

تصمیمی باید.

بالاخره تعطیلات به پایان رسید و آرام و خانواده اش به خانه
خودشان باز گشتند. اشک از چشمان خانم تهرانی جاری

بود. نوه‌ها یکی یکی او را در آغوش گرفتند و توی ماشین
نشستند. کتی به فارسی گفت: «خدا حافظ مامان!»
و خانم تهرانی در منتهای دلتنگی لذت بسیار برد.
آرش مانده بود و خانم تهرانی و یک کوله‌بار بزرگ پر از آرزو
و خاطره که خانم تهرانی می‌اندیشید باید یا این کوله بار را
خالی کند یا آن را با کسی شریک شود. کوله بار سنگین بود.
سنگین. سنگین.
باید می‌اندیشید. فکر می‌باید کرد. کدام ارجحند و کدام
نیستند؟ نوه‌ها؟ ارجحند. همسایه‌ها و فامیل در تهران؟
بستگی دارد.
اندیشیدن؟ کار خانم تهرانی بود، همواره، دوست صمیمیش
اندیشیدن بود. و البته ندانستن و کوشیدن و باز هم ندانستن..

شانزده

زندگی خانم تهرانی به همین ها خلاصه نمی شد. روز بعد
تصمیم گرفت که چند روزی به لوس آنجلس برود.
دوست قدیمش همواره می خواست او را به لوس آنجلس
دعوت کند و کرده بود و این بار خانم تهرانی پذیرفته بود.
با هم به دبیرستان می رفتند. خیلی سال پیش. مدرسه
پسرانه‌ای در نزدیکی بود.
دوست خانم تهرانی، هایده، همواره کسی را در مدرسه پسرانه
می شناخت. کوتاه نمی آمد که بگوید خیلی ها را می شناسم
ولی همیشه با هادی نزدیکی بسیاری داشت. بعد ها از او
جدا شد و هیچگاه ازدواج نکرد. به لوس آنجلس آمد و برای
خودش زندگی تازه ای شروع کرد.
«بیا اینجا پیش خودم چند هفته ای بمون، حتمن بهت خوش
می گذره»
و خانم تهرانی جواب می داد:» یکی از این دفعه ها حتمن
میام» و بنظر می رسید که این بار همان دفعه باشد.
هواپیما زود رسید و خانم تهرانی هایده را دید که با چند
شاخه گل منتظر اوست. خاطره احمد آقا و بقیه قضایا همچنان
به مخش آویزان بود ولی گل ها را که دید از خوشحالی هایده
را بغل کرد.
«به به، سلام، چه گلای قشنگی، ممنونم.»
و هایده می گفت: «تو مث اینکه جوون تر شدی! دلم برات یه

ذره شده بود!»

سوار ماشین هایده شدند. کمی رفتند و از گذشته ها حرف
زدند.

«یادته اون پسره که قد کوتاهی داشت اما این قدر پولدار بود
که پدرش اجازه نمی داد با ماها حتی حرف بزنه؟»

«به گمانم اسمش فرهاد بود ... شوفرشون هر روز اونو می
آورد مدرسه..»

«خودشه... می دونی الان کجاس؟»

«نه والا!»

«این جاس..توی لوس آنجلس.. یه ماشین فروشی داره .. یه
زنم داره که بگمونم یخورده ... یخورده ... خلاصه خیلی از آدم
هایی رو که می شناسی می تونی این جا پیدا کنی!»

«یعنی زنش یخورده چیه؟»

«کی؟»

«خودت گفتی .. زن اون فرهاد که حالا ماشین فروشی داره»

«آره ... یه خورده ... چطور بگم ... از خونه فراریه ...»

«آهان! تو ایران حالا بعضی ها این طوری شدن ...»

ماشین پیچید توی پارکینگ یک قهوه فروشی.

«قهوه ای چیزی می خوری؟»

آن قدر با هم حرف زده بودند که هایده بشدت تشنه شده بود.

«می دونم قر می زنی ولی من فقط چای می خورم اما از این
چای های کیسه ای خوشم نمیاد هایده جون.»

«فدات شم الان دردتو درمون می کنم ... راستی، می دونی
این جا به من میگن هایدی؟»

«آره می دونم»

فورن پیچید و بعد از چند لحظه وارد پارکینگ یک مغازه
شدند که معلوم بود ایرانی است.

«اینجا چای ایرونی دارن. بشین تا برامون بیارن. من می رم
دستشویی و بر می گردم... ببین، بلندت نکنن!»

خانم تهرانی با دستش اشاره کرد که: «ای بابا تو ام!»

هایده ناپدید شد و خانم تهرانی دید که چقدر این جا شبیه
ایران است. صدای حرف می آمد به فارسی.

صدای استکان چای می آمد. صدای کسی که بلند حسن آقا
را صدا می کرد و حسن آقا که انگار غیب شده بود.

بوی شنبلیله و نعنا می آمد. مردم که در رستوران جمع شده
بودند و نان و پنیر و خیار و سالاد شیرازی و ماست و موسیر
می خوردند.

ساعت نزدیک شش بعد از ظهر بود و خانم تهرانی اندکی
گرسنه، اندکی خسته، و اندکی خوشحال بود.

هایده پیدایش شد.

«هنوز که این جایی! کسی بلندت نکرده هنوز؟»

خانم تهرانی گفت: «دست وردار خانوم! میگما!»

«چی میگی؟ چی داری که بگی؟»

خانم تهرانی منتظر شد تا گارسن چایی را برایش روی میز
گذاشت و رفت.

«تو محمود رو یادت هست؟ هنوز عکساتونو دارم!»

«مگه نگفتی که اونا رو دور انداختی؟»

«ای بابا! دو سه تا عکس سکسی که این حرفا رو نداره!»

هایده خانم شوخی کرد:

«دوست دارم به همه نشون بدی که همه فکر کنن عجب تیکه

ای بودم!»

«آره بودی!»

و این بار هایده بود که با دستش اشاره کرد که: «ای بابا توام!» چای خوردند و قهوه و حرف و حرف و اختلاط و تصمیم گرفتند همان جا شام بخورند.

آب و هوای لوس آنجلس به بسیاری از ایرانیان بسیار می چسبد. هوا گرم است و بدون دانستن انگلیسی می توانی روزگارت را بگذرانی. اگر پول داری که بهتر و اگر هم پول داری و انگلیسی هم می دانی که دیگر بهتر از بهتر.

خانم تهرانی و هایده مدتی زیاد حرف زدند و غذایشان را خوردند و به خانه هایده رفتند.

حرف و رادیو و تلویزیون و حرف که ناگهان خانم تهرانی بلند شد و ایستاد.

«صدای این مرده که حرف می زنه خیلی شبیه به صدای اون یارویه که زنگ زد و قطع کرد.» هایده مبهوت به خانم تهرانی نگاه می کرد. «خل شدی؟»

«نه ... شایدم اشتباه کنم ... ولی صداش خیلی شباهت داره به»

هایده: «به کی؟ باز یکی دنبالته می خوای نگی؟»

«نه جون تو» و خانم تهرانی تمام داستان را برای هایده گفت. هایده مانده بود که چه بگوید. نمی شد شوخی کرد. قضیه جدی به نظر می آمد.

«چرا به پلیس تلفن نمی کنی؟»

«پلیس؟» خانم تهرانی حتی از اسم پلیس هم واهمه داشت.

«آره، پلیس. بگو چی شده. همه داستان رو بگو»

خانم تهرانی مدتی به فکر فرو رفت. بعد گفت:

«هایده، من به تو اطمینان دارم. می خوام خودم بفهمم چی
شده ... کمکم می کنی؟»

هایده چشم به چشم خانم تهرانی دوخت...

«البته کمکت می کنم ولی جلو جلو بهت می گم که باید به
پلیس تلفن کنی. اگر، می گم اگر، این یارو گوینده رادیو همون
باشه که بهت زنگ زده، یا خیالاتی داره و می دونه که تو
اومدی لوس آنجلس، که خیلی بنظر من بعیده، یا واقعا کاسه
ای زیر نیم کاسه است. در این صورت من پیشنهاد می کنم قبل
از همه چیز به پلیس زنگ بزنی بعد هر کاری دلت می خواد
بکن»

«تو با منی؟»

«با تو ام اما ...»

«بذار یه زنگی به بچه ها بزنم. دوس دارم اونام بدونن.»

به نظر می آمد که مرحله جدیدی در زندگی خانم تهرانی آغاز
شده بود. می خواست بداند چه کسی تلفن کرده بود و چرا.
نمی خواست به پلیس زنگ بزند چون از پلیس می ترسید چرا
که این جور بار آمده بود.

می خواست به بچه ها بگوید که می خواهد معما را حل کند
ولی نمی خواست حتی فکر کند که چه خواهد شد اگر تلفن
کننده کسی غیر از اجرا کننده برنامه رادیو باشد.

هفده

خانم تهرانی صفاپور را براحتی پیدا کرد. دفتر کوچکی داشت
جایی در لوس آنجلس. دختری جوان در دفترش کار می کرد
و به نظر خانم تهرانی رسید که ممکن است دختر خود صفاپور
باشد.

زیاد جوان نبود. خانم تهرانی خودش را معرفی کرد و صفاپور
او را به نشستن دعوت کرد. صدا همان صدا بود. ولی چه کسی
می توانست اینقدر اطمینان داشته باشد؟

«خانم تهرانی؟»

«بله»

«از آشنایی با شما خیلی خوشوقتم. تازگی به آمریکا اومدین
یا اینجا ساکنین؟»

«نه تازه اومدم. کارت سبز دارم و گاهی میام که بچه هامو
ببینم.»

«بسیار عالی. می تونم یه چیزی رو بپرسم؟»

«البته»

«شما تلفن کردین اینجا راجع به اون مصاحبه تلفنی که من
داشتم؟»

«کدوم مصاحبه؟ من برنامه های رادیوهای ایرانی رو خیلی کم
می شنوم.»

«نمی دونم چی بگم. پس برای چی تلفن کردین؟»

خانم تهرانی یکه خورد: «برای چی؟ فقط برای شباهت یک
صدا...»

و بعد از مدتی فکر، خانم تهرانی گفت: «ممنونم. دیگه عرضی
ندارم. ببخشید مزاحم شدم.»

«اشکالی نداره. اگه بخواین می تونیم با هم یه قهوه ای بخوریم
و بیشتر صحبت کنیم.»

«ممنونم. با اجازه. خداحافظ.»

صفاپور بلند شد. خانم تهرانی را به در خروجی ساختمان
راهنمایی کرد. تعظیم کوتاهی کرد به نشانه احترام و بعد گفت:
«همیشه در خدمتم. حالا دیگه نشونی منو هم می دونین.»

خانم تهرانی سوار همان تاکسی که گرفته بود شد و به خانه
هایده برگشت. همان آش و همان کاسه.

هژده

خانم تهرانی کمی در خانه راه رفت و بالاخره هایده وارد شد.

«چی شد؟ دیدیش؟»

«دعوتم کرد به قهوه»

هایده با آهنگی خیالی شروع کرد به رقصیدن ...

«خودشه ... خودشه ...»

«کی؟»

«همون که می دونی. دیگه دس وردار. دنبالش نگرد. نمی تونی پیداش کنی. صفاپور حالا خاطرت رو می خواد. خودشه! بخت در خونه ات رو زده. جواب درست بده!»

خانم تهرانی بر سر چند راهی غریبی گیر کرده بود: بچه ها، نوه ها، خاطرات خوش گذشته، صفاپور که او را به قهوه دعوت کرده بود، حرف های هایده که گویی داشت کار خودش را می کرد و چیز های دیگر. هایده انگار او را از دور می پایید:

«چیزی می خواستی بگی؟»

خانم تهرانی با تعجب گفت: «من؟ نه!»

و هایده غش غش خندید.

نوزده

خانه هایده بسیار بزرگ نبود اما آنقدر جا داشت که هایده
بتواند به افتخار دوست قدیمیش خانم تهرانی مهمانی بزرگی
بدهد.

یک گروه محلی قبول کرده بود که بیاید و موسیقی سنتی
ایرانی اجرا کند. تاری بود و سنتوری و خانمی که هم دف می
زد و هم می خواند. هایده جایی دور نشانده بودشان که هم
وسط جمعیت نباشند و هم همه صدایشان را بشنوند.

خانمی لقمه های کوچکی را دور می گرداند و مردی با پاپیون
گیلاس های شراب و شامپاین را تقدیم جمعیت می کرد.

آبجو و مشروب های دیگر را باید که از بار کوچکی در اتاقی
دیگر می گرفتی.

داشت به همه خوش می گذشت.

آرش بود و دوست دخترش، هایده و مردی که به نظر می آمد
دوست بسیار صمیمی او باشد، و بقیه همه دوستان دیگر هایده
بودند.

خانم هایی که سال ها بود در لوس آنجلس می زیستند و تنها
بودند و شاید هم نبودند و گروهی که با همسرانشان آمده

بودند.

صفاپور هم آنجا بود. گرچه هایده او را نمی شناخت ولی بخاطر خانم تهرانی او را دعوت کرده بود بدون اینکه به خانم تهرانی چیزی بگوید. این بار بین مردان و زنان بحثی آنچنانی در نگرفت گویی بگونه ای همه از هایده حساب می بردند.

صفاپور در حالی که جرعه ای شراب قرمز می نوشید به خانم تهرانی نزدیک شد.

«سلام خانم»

و خانم تهرانی که غافلگیر نشده بود پاسخ داد:

«سلام آقای صفاپور. حال شما چطوره؟»

و صفاپور با لبخند جواب داد: «خوبم. در ضمن اگه بخواین می تونین منو مهران صدا کنین.»

«لطف دارین. شما هم میتونین منو مریم صدا کنین.»

این نخستین گفتگوی مهران و مریم بود که ساده بنظر می رسید و دوستانه و در آن از رسمیت خبری نبود.

هایده کمی بعد به مریم نزدیک تر شد و گفت:

«چطوری مریم؟»

و مریم نگاهی به هایده کرد و گفت:

« دست وردار شیطون بلا!»

شوخی و خنده بین مریم و هایده تمامی نداشت و این خود باعث شده بود که هم رابطه‌شان به خوبی باقی بماند و هم بتوانند هر حرفی را به همدیگر بگویند.

مجلس گرمی بود. حرف های سیاسی انسان ها را نمی آزرد و شوخی و خنده حکمفرما بود.

خانمی به مرد کنار دستش گفت: «جوک جدید را شنیدِه ای؟» و قبل از همه چیز مرد پاسخ داد: «آره! همش روشنیده ام!» و خنده‌ی همه بالا میرفت.

از شام خبری نبود. هایده مثل همه ایرانی ها می خواست شام را دیرتر بدهد. مهمانان غیر ایرانی ناچار بودند تنقلات بیشتری را نوش جان کنند تا اندکی گرسنگی خود را بپوشانند.

مهران و مریم داشتند با هم حرف می زدند. اینبار خودمانی و همدیگر را تو خطاب می کردند.

«از خودت بگو... تنها زندگی می کنی؟»

و مهران کمی شراب خورد و گفت:

«خودم؟ باشه. گاهی تنهام و گاهی نیستم. اگر تنهایی معنیش اینه که کسی نیست که باهاش حرف بزنم ... آره ... تنهام.

همسر ندارم. نمی خواست با من به خارج از کشور بیاد. من می خواستم بیام چون اونجا دیگه جای من نبود. مدتی دور از هم زندگی کردیم. بعد دیدیم که فایده ای نداره. طلاق گرفتیم و تمام شد. یک دختر دارم که توی دفتر خودم کار می کنه.

حتمن اون روز که اومدی دیدنم دیدیش.»

حدس مریم درست بود.

«تو از خودت بگو. البته یه چیزایی می دونم که خودت گفتی ولی حتمن خیلی چیزا رو نمی دونم.»

«آره. خیلی چیز ها رو نمی دونی. دو تا پسر دارم. آرام و آرش. از آرام هم دو تا نوه دارم. هر دوشون تو آمریکا زندگی می کنن. بسیارم نازنین هستن. آرش امشب اینجاست با دوست دخترش.»

کمی اینور و آنور را نگریست و بالاخره آرش را یافت.

«اوناهاش»

«خیلی خوش تیپه. حتما خیلی ها دنبالشن.»

«نه. چنین آدمی نیست. سرش به کار خودش گرمه»

و پرسید: «مهران، چطور شد که تو در دنیای رادیوهای لوس آنجلسی سر در آوردی؟»

مهران نگاهی طولانی به مریم انداخت انگار که در این فاصله می خواست اندوه ها، شادی ها، و خواسته های خود را مرتب و طبقه بندی کند.

«راستش همون جور که گفتم اون جا دیگه جای من نبود. انگار توی تاکسی دیگه جا نمی گرفتم و زبونم با بقیه فرق داشت. کم کم نمی فهمیدم بعضی آدم ها چی میگن. حرفهاشون چندین لایه داشت که من دیگه ازشون سر در نمی آوردم. نمی فهمیدم که دولتی ها چی میگن. نمی فهمیدم اصن فرقی بین دولتی ها و غیر دولتی ها هست یا نیست. تا این که یک روز به داد گستری احضار شدم. نمی دونم چرا ولی توی نامه نوشته بودن باید صبح روز شنبه ساعت هشت خودم رو به فلانی نامی معرفی کنم. فکر کردم که من که کاری نکرده ام. مثل هزاران نفر دیگه. بنا بر این روز شنبه سر ساعت هشت اونجا بودم.

یارو چیزایی گفت که فی‌الواقع نفهمیدم. کمی از کتاب آسمانی حرف زد و از ضد انقلاب و بعدش مقداری عربی به خوردم داد و تا اومدم بخودم بجنبم توی زندان بودم.»

«وای ... چند وقت؟»

«دقیقا صد و بیست روز»

«اونوقت چطور بیرون اومدی؟»

«مثل خیلی‌های دیگه. کمی پول داشتم. دادم و خلاص شدم. بعد از طریق ترکیه فرار کردم. به اروپا رفتم. خلاصه بعد از مدتی پناهندگی تونستم بیام اینجا. اون موقع‌ها گرفتن سیتیزن شیپ به این مشکلی‌ها نبود. یه ذره زبون می‌دونستم. کلاس رفتم و بالاخره دست خودمو به این رادیو بند کردم. درآمد زیادی نداره اما بالاخره زندگیمو می‌گذرونم. یه کمی هم پول دارم البته. بگم که روزی چند تا چک می‌خورم. از اینوریا، اونوریا، وسطیا، کناریا، و خلاصه همه.»

انگار دلش راحت شده بود. در مبل ولو شد و پایش را روی پایش گذاشت. انگار راحت شده بود. لبخندی صورتش را گرد تر کرده بود.

هایده که انگار مهران و مریم را می‌پایید نزدیک شد و به مریم گفت: «مری... می‌تونی یه تک پا بیای توی آشپز خونه؟» و بعد رو کرد به مهران و گفت: «عذر می‌خوام. الان برش می‌گردونم.»

«مری؟ اسم من مریمه.»

«اسم من هم هایده بود و حالا هایدی هستم. قیافشو دیدی؟ مسحور تو شده. بگو چی گفت.»

«از گذشته‌اش حرف زد. از زنش که اونجا مونده. از دخترش. از زندانش.»

«اینا رو خودم میدونم. چیز دیگه‌ای بهت نگفت؟»

«تو اینا رو از کجا میدونی؟ خودش بهت گفته؟»

«خواهر به من میگن هایدی. من خودِ خودِ ایرانی‌های لوس آنجلسم. اگه کسی چیزی بدونه، منم می‌دونم. اگه ندونم، می‌دونم چطوری از زیر زبونش بیرون بکشم.»

«ولی مال منو نمی تونی.»

«می دونم. برا همینه که دارم ازت می پرسم.»

«قبول دارم. هنوز نشده! و نمیشه»

«شایدم بشه»

«نمیشه»

«باشه. برگرد سراغ مهران. حتمن منتظرته.»

و نگاهی کرد که مریم را ترساند.

مریم به اتاق باز گشت و مهران را در جای خود نیافت. کمی دنبالش گشت. گفتند معذرت خواسته و برای کاری فوری به دفترش رفته است. مریم بسوی هایده دوید.

«این نشانه خوبیه، عزیزم!»

تنها حرف هایده همین بود.

آن شب به مریم خیلی خوش گذشت. آرش آنجا بود و هایده و جمعی از دوستانشان. پدر و مادردوست دخترآرش اهل آمریکا نبودند ولی خودش انگلیسی را بی لهجه حرف می زد. آمریکا بدنیا آمده بود و همین جا درس خوانده بود.

«می خوای بگیریش؟»

آرش به آهستگی در گوش مادرش چنین گفت:

«مامان، اگه می خوای بشنوی آره جوابت اینه که آره ولی موقعش رو نمی دونم.»

مریم گل از گلش شکفت.

«می شه یه موقعی باشه که من این جا باشم؟»

«به شرطی که بیشتر این جا بمونی.»

«تو بگو چه موقع، من یا بر می گردم یا پیشت می مونم.»

خانم خواننده داشت یک آهنگ محلی را می خواند و هایده

داشت به آرامی با یک مرد که پاپیون قرمزی زده بود می
رقصید.

گروهی در صف بار بودند و این گوشه وآن گوشه گروهی به
گفتگو مشغول.

بالاخره وقت شام رسید. هایده با صدای بلند اعلام می کرد که
بفرمایید. بسرعت صفی درست شد اما به لطف مدیریت مریم و
هایده، بزودی همه نشستند و آرام گرفتند.

خانمی که میان سال می نمود دست هایده را گرفته بود و از او
تشکر می کرد.»چقدر عالیه امشب! چقدر غذا درست کردین!
چقدر متنوع!» و هایده جواب داد :»ممنون. لطف کردی که
اومدی عزیزم»

و گفتگوهایی به همین سادگی.

وبسیاری از گفتگوها دور از چشم صاحب خانه :

«چقدر غذا درست کردن!»

«من اینو نمی خورم. خیلی چربه!»

«فقط سالاد!»

«فقط یه کم برنج. می ترسم چاق بشم دوباره!»

و یکی از مردها می گفت:

«آقا، باید برای غذا خوردن همونقدر وقت گذاشت که
صابخونه برای پختنش صرف کرده... این غذا که فست فود
نیست! آقا فقط رنگ غذاها رو ببینین و لذت ببرین.... می
خواین رژیم بگیرین، تو خونتون بگیرین...»

گروهی او را با تمجید نگاه می کردند و بعضی از او اجتناب
داشتند.

بالاخره شب به پایان آمد. مهمانان خداحافظی های کوتاه

و گاهی طولانی داشتند. آخرین نفرهایی که رفتند آرش و
دوست دخترش بودند.

«منتظر خبرت هستم آرش!»

و بوسه ای که پسر از گونه مادر گرفت.

مدتی گذشت تا ظرف ها در ماشین گذاشته شد، اتاق ها تمیز
شد و هایده فنجانی چای داغ جلوی مریم گذاشت.

«واقعن عالی بود هایدی خانم!»

«مرسی مری جون! شنیدم بزودی می خوای مادر زن بشی
دوباره؟»

«آخه تو اینا رو از کجا می دونی؟ کم کم دارم ازت می
ترسم!»

«از من نترس مریم جون. از ترست بترس! از ترست بترس!
می دونی چی میگم؟ از ترست بترس!»

با خیالی راحت چای خوردند و خوابیدند. خوابی خوش و
بغایت بجا.

اولین صدای زنگ تلفن هایده را بیدار کرد اما نه مریم را.
مهران بود.

«واقعن عذر می خوام که دیشب بدون خداحافظی رفتم. کار
مهمی پیش آمده بود.»

«خواهش می کنم.»

«ممکنه گوشی رو بدین به مریم؟»

«الان نمی تونه حرف بزنه. پیغامی دارین براش؟»

«خواستم ازش معذرت بخوام.»

«حتمن درک می کنه. راستی اگه بخواین دوباره ببینینش من
می تونم کمک کنم»

«آره، حتمن!»

و هایده تمام جواب هایش را دریافت کرده بود.

وقتی مریم از زیر دوش بیرون آمد آنقدر وقت داشت تا موهایش را خشک کند. کاری نداشت که. هایده میز صبحانه‌ای آراسته بود چون یکشنبه بود و کمی دیر با دو گیلاس خالی.

مریم پرسید «اینا دیگه برای چیه؟»

هایده گفت : «مموسا. بشین تا بگم کی تلفن کرد.»

«کی؟»

«آهان! هر وقت کسی به این تندی بگه کی معلومه که منتظر تلفن کسیه!»

«من منتظرِ تلفن هیچ کس نیستم!»

«واقعن راس میگی!»

«معلومه که راس میگم!»

مریم مثل همیشه چای خورد و بعد اندکی تخم مرغ. هایده گیلاس ها را پر کرد از آب پرتغال و شامپاین که از شب قبل مانده بود.

«به سلامتی!»

و مریم پرسید

«بالاخره نگفتی کی بود؟»

«کی کی بود؟»

«بس کن! اونی که تلفن کرد!»

«کی تلفن کرد؟ من خبر ندارم!»

«واقعن بلایی!»

«مهران جونت بود!»

«مهران جونم؟»

«ببخشین. آقای مهران صفاپور!»

«خوب چی گفت؟»

«کی چی گفت؟»

«مهران»

«مهران دیگه کیه؟»

«داری اذیتم می کنی هایده! چی گفت؟»

هایده نگاهی شیطنت آمیز به مریم کرد و گفت:

«معذرت خواست بابت دیشب. گفت باید می رفت برای یه
کار مهم. می خواد دو باره ببینتت!»

«اشکالی نداره.»

«می خوام یه چیزی رو بهت بگم. خاطرت رو می خواد.
برای همین یهو ناپدید شد. رفت که فکراشو جمع و جور کنه.
شنیدی چی گفتم؟ رفت که فکراشو جمع و جور کنه. تو هم
باید فکراتو جمع جور کنی... بد جوری به هم گره خورده
این... فکراتو، هرچی که هست، جمع و جورکن!»

و بعد گیلاسش را بلند کرد و گفت:

«به سلامتی تو، دوست خوبم!»

مریم نیز چنان کرد.

مریم رخت و پخت خود را جمع می کرد و آماده رفتن به
فرودگاه بود.

هایده نزدیک مریم آمد:

«بهش تلفن کردی؟»

«به کی؟»

«جانی دپ! معلومه به کی... به مهران... گفتی بهش که داری
میری؟»

«آره یه پیغام براش گذاشتم»

و هایده به آهستگی گفت:

«من دنبالشو می‌گیرم»

ساعتی گذشت. اشکی روان و خنده‌ای و گاه قولی.

بیست

مریم به ایران باز گشت و چشم هایده اشکبار بود. مریم به
قول خودش اشک هایش را در یک بتری خیلی کوچک
ریخت، آن ها را در گوشه چمدانش گذاشت تا به تهران که
برسد آن ها را بیرون آورد و بچکاند.

خانمی با یک کولر بزرگ بشدت چانه می زد که این هدیه
است و می تواند آن را به داخل هوا پیما ببرد. که نتوانست.
مردی که فارسی نیکو می دانست مأمور بود تا اوضاع را رتق
و فتق کند.

بسیاری از چمدان ها که راهی هواپیما بودند به محوطه بار
برگشتند و مردم ناچار بودند مالیات اموالی را که می خواستند
مجانی به داخل هواپیما ببرند بپردازند. قشقرقی بود و مریم
راحت که بسیار ساده و سبک سفر می کند.

آقایی به او نزدیک شد.

«ببخشید شما بار مثل اینکه ندارین؟»

و مریم بهت زده او را می نگریست.

«می شه این ساک را برای من به داخل هواپیما ببرین؟ خدا به
شما عمر بده! اجرتون با خداوند کریم!»

و خانم تهرانی بلند شد و راه افتاد بدون این که جواب دهد.

«یا فارسی نمی دونه یا خودشو زده به اون راه! آخه چی می شد اگه کمک می کردی؟»

هواپیما اندکی دیر تر از معمول پرواز کرد چرا که خیلی ها می خواستند چمدان ها و ساک های خودشان را بدون پرداخت پول اضافی وارد هواپیما کنند که نتوانستند.

هواپیما حرکت کرد. مریم خوابید تا آن جا که مهمان دار بیدارش کرد. مردم داشتند آخرین جرعه ها را به نوشابه های الکلی می زدند.

خانم ها یکی بعد دیگری به توالت می رفتند و با چهره ای نسبتا پاک شده از آرایش بر می گشتند و روسری ها و مانتوها از ساک ها بیرون می آمد به این نشانه که نزدیک تهرانیم.

هواپیما نشست و همان تهران قدیم پیش روی مریم بود.

ماشین های قدیمی که تند می رفتند و یا اصلن راه نمی رفتند. تاکسی های تلفنی و بقیه قضایا.

تهران همان تهران بود. دود و دود و دود.

موتور سیکلت های فراوان با دود فراوان و همنشین های فراوان. گروهی بودند و مواظب که کسی دست از پا خطا نکند و گروهی مهاجر و گروهی بدنبال کار و زندگی چرا که نمی توانستند ماشین بخرند.

درهمان سوی خیابان اتومبیل های پورش و لامبورگینی و لکسوس می آمدند و می رفتند و انگار کسی نمی پرسید چرا اینقدر فرق؟ آنها به که باخته اند و اینها از کی برده اند؟

دنیای تهران یک دنیای تضاد در تضاد بود که فقط یک توجیه فکری ضد تضاد نیاز داشت.

مریم اندیشید که: «بنظرم دیگه اینجا جام نیست... هر روز با
خودم حرف می زنم.

هر روز داره قیمت ها بالا میره. هر روز قولی تازه. هر روز از
گذشته گندی در میاد.

نه از حالا. فقط از گذشته ها. انگار این ها حاکمان گذشته ان.
هر که رفت دخلش اومده. هر کس که ماند، احترام داره تا بره.
آینده هم که اصلن مطرح نیست.»

برادرمریم به فرودگاه آمده بود تا او را به خانه ببرد. بوسه ای
و آغوشی و بعد مریم بازهم درماشین خوابش برد. به خانه
مریم که رسیدند برادرش او را تا توی خانه همراهی کرد.

«می خوای پیشت بمونم؟»

«نه همین که اومدی دنبالم خیلی عالی بود. به نازنین سلام
برسون. ببوسش. فردا پس فردا میام پیشتون. فقط هم مرغ پلو
به سبک نازنین!»

برادر و خواهر همدیگر را بوسیدند و مریم به رختخواب رفت.
نمی دانست چرا ولی فقط می خواست بخوابد. خوابید و چه
راحت. مریم خوابید و هنگامی که بیدار شد کمی از ده صبح
گذشته بود. چایی درست کرد و خورد. روسریش را به سر
بست و فکرکرد:

«اینقدر کار دارم که نمی دونم از کجا شروع کنم... باید برم
دادگاه برای پولی که میگن بدهکارم به دولت، باید برم نون و
گوشت و این چیزا بخرم... میگن قیمت نون خیلی رفته بالا...
باید برم بلیطمو درست کنم برای دفعه بعدی که می خوام برم
آمریکا...»

واقعن آنقدر کار داشت که نمی دانست از کجا شروع کند. تازه

دیدن فامیل نزدیک و دور به کنار که خودش کاری بود براستی مشکل. کمی توی خانه تمیز کاری کرد و آنگاه چشمش به یک دسته نامه افتاد. معلوم بود برادرش پرداختی ها را پرداخته بود و بقیه نامه هایی بود ازاین وآن. نگاهی به نامه ها انداخت و چیزی پیدا نکرد که باز کند. احساس کرد دل و دماغ ندارد. احساس کرد بیخودی زنده است. تلفن را برداشت. می خواست به دوستش هایده زنگ بزند ولی متوجه شد که الان باید کمی مانده به نیمه شب لوس آنجلسی ها باشد.

رخت و لباس کرد که بیرون برود که تلفن زنگ زد. گوشی را برداشت. هایده بود از لوس آنجلس.

از خوشحالی داشت پر در می آورد. مدتی با هم حرف زدند. به هایده گفت که دل و دماغ ندارد. دستش به کاری نمی رود. و این جواب هایده بود: «عاشق شدی! برگرد همین جا!»

«نه بابا!»

«آره بابا! عاشق شدی! تموم رفتارت و گفتارت همین رو نشون می ده! عاشق شدی!

کارات که تموم شد زود برگرد تا ببینیم چطوری میشه اوضاع رو درست کرد»

«یعنی چی؟»

«یعنی مهران!»

مریم داشت وا می رفت.

روسری را به سر بست و از خانه بیرون آمد. همه چیز بنظرش عوض شده بود. کمترین چیزی او را خشمگین می کرد. با خانمی که در یک فروشگاه کار می کرد به جر و بحث افتاد: «چرا روی جنساتون قیمت نمی زنین؟ چرا اینقدر گرونه؟

مغازه پایینی همین پنیر رو با قیمت کمترمیده!» با عصبانیت از مغازه بیرون آمد. کمی راه رفت. چرخید. به مغازه ها نگاه کرد. چیزی نیافت که بخرد. به خانه برگشت.

همه کار هایش مانده بود ولی دل و دماغ نداشت. تلفن داشت زنگ می زد.

به تختخواب نزدیک شد و دید خوابش میاید. خوابید. گریه‌اش گرفت. گریه کرد تا خوابش برد. بقیه روز به بطالت گذشت.

فردا صبح حالش بهتر بود. صبحانه اندکی خورد. روسری را بست و راهی شد. سعی کرد عصبانی نشود و کارها را یک به یک انجام دهد. دو سه روز کارش این بود. از خانه بیرون می‌آمد، دنبال کارهایش می رفت، ظهر دیزی می خورد و عصر به خانه بر می گشت.

آبگوشت خیلی دوست داشت. دیزی هم. می گفت گوشت برای سرخ شدن نیست بلکه برای پخته شدن است. پس آبگوشت و دیزی بهترین نوع استفاده از گوشتند.

بعد از چند روز که کار هایش تمام شد فکر بازگشتن به آمریکا همه ذهنش را فرا گرفت. این جور می اندیشید:

«همه چیزمو بفروشم، پولارو وردارم برم نزدیک آرش، یه آپارتمان بخرم، رضا رو هم که پیدا نمی کنم. نکنه یه روز در بزنه و ببینه من نیستم؟

این همه ساله که در نزده.. حالا یهو در بزنه؟ مگه می شه؟ بچه هام ازم خواستن که برم پیش اونا .. خدا را چی دیدی شاید آرام هم بیاد نزدیک آرش و اون وقت من می تونم نوه هام را نگهداری کنم ... می تونم هایده رو دایم ببینم و...»

حتی می ترسید فکر مهران را بکند. «ازدواج؟ زیر یک

سقف؟»

داشت دیوانه می شد. «مجبور نیستم ازدواج کنم ... می تونیم فقط همدیگر رو ببینیم ... اگرم من خواستم...»

و باز رشته افکارش قطع می شد.

«چه جور آدمیه؟ بنظر که بد نمیاد ... ولی درونش چی؟ از من گذشته که کسی بتونه به من بگه چی کار کن ... چی کار نکن ... به این سلام کن ... به اون سلام نکن ... هایده بهم میگه هنوز تو دل برویی! میگه همین یه پرده گوشت کلی قیمتت رو بالا برده ...»

«مردای امروز، دیگه توییگی نمی خوان، می خوان دستشون به یه جا بند بشه ... می فهمی؟ بخصوص اونا که دیگه جوون نیستن ... مثل مهران ..»

و اینجا که می رسید تنش شروع می کرد به لرزیدن ... «نکنه رضا در بزنه و بیاد تو، ببینه من کنار مهران نشستم؟»

«هیچ کس نمی دونه رضا چی شد. اگر هم بدونه نمیگه. تازه بیشتر از سی سال هم گذشته. مسلسل بدست های دیروز الان باید نزدیک پنجاه باشن. یا باز نشسته شدن، یا فراری، یا خونه های گرون قیمت خریدن در خارج ... چه کسی یادشه چه به روز رضا اومد؟»

روزگارمریم گریه بود و خنده و فکر و چیدن افکارش کنارهم و بالا و پایین کردن آن ها و باز هم نمی دانست که چکار کند. عصری بود و کاری نداشت. کتاب حافظ را برداشت و فالی گرفت:

نصیحتی کنمت بشنو و بهانه مگیر

هر آن چه ناصح مشفق بگویدت بپذیر

«این ناصح مشفق کیه؟ نکند خود من باشم؟ خود من باید
راهم را انتخاب کنم...»

فکر می کرد چشم هایش دارند باز می شوند. بیشتر خواند و
بیشتر خواند و انگار چشم هایش بازتر می شدند.

«اگر ناصح مشفق خود من باشم و در ازل هرگز با من
مشورت نشده ، پس می توانم تصمیم بگیرم...»

خوابش برد و دیوان حافظ همچنان روی پایش. وقتی بیدار
شد نیمه شب بود. آرام شده بود، اما همچنان جایی از وجودش
خشمگین و نا آرام بود.

صبح فردا به دنبال بلیت رفت و برای پانزده روز دیگر بلیتی
برای آمریکا گرفت. کاری برایش در تهران نمانده بود. دیگر
کاری با تهران نداشت. تهران هم کاری با او نداشت. مریم
رفتنی بود.

بیست و یک

هنگامی که به آمریکا برگشت آرش در فرودگاه بود و هایده و
مهران. اشکی و دیده بوسی و آنگاه راهی خانه آرش شدند.
خوابش می آمد ولی می خواست نشان دهد که چقدر به
دیگران احترام می گذارد. آرش شرابی باز کرد و با جرعه اول
مریم خوابش برد. براستی کوفته بود.
مهران به آرامی از درخارج شد و هایده در روی یکی از
مبل‌ها خوابید. آرش مادرش را آرام به اتاق خواب برد و
خواباند. همه چیز به آرامی انجام گرفت.
نیمه شب، از خواب پرید. قلبش می تپید. از اتاق بیرون آمد.
هایده را دید که روی سوفا خوابیده بود و پتویی را تا سرش بر
کشیده بود. دلش برایش سوخت. آرام او را بیدار کرد.
«هایده، می خوای بری تو اتاق خواب بخوابی؟ من دیگه بیدار
شدم...»
و هایده لبخندی زد، نگاهی کرد وآسوده بخواب رفت.
مریم ناچار بود لطف مهران را که به فرودگاه به پیشواز او آمده
بود جبران کند.
صبح تلفن او را گرفت.

«الو؟ می خوام با آقای مهران صفاپور حرف بزنم» که تلفن
قطع شد. فکر کرد حتما اشتباه کرده است.

دوباره نمره را گرفت. این بار تلفن زنگ زد و زنگ زد و زنگ
زد ولی کسی گوشی را برنداشت.

پیغام گیری درخواست کرد که اگر شماره خود را بگذارید،
به شما تلفن خواهیم کرد، به انگلیسی که مریم نفهمید ولی به
فارسی تلفن خود را گذاشت. تلفنی زده نشد و مریم مات که
چه شده.

هفته ای بعد هایده دوباره مریم را به خانه اش دعوت کرد.
«بلند شو بیا. با هم حال می کنیم. زبون همدیگه رو می
فهمیم.»

صبح بود. هایده بیدار شده بود و داشت خودش را آماده رفتن
می کرد.

مریم گفت: «بشین هایده، می خوام یه چیزی بهت بگم»

هایده نشست و به چشم های مریم خیره شد.

«بهش زنگ زدم. چند روز پیش. جواب نداد...»

هایده فکری کرد و گفت: «میشه بگی دقیقن چی شد؟»

بعد از توضیح مریم هایده کمی فکر کرد و گفت: «بنظر میاد
یه کسی وسطتون ایستاده. و این کس هیچ کس نمی تونه باشه
جز دخترش... حتمن همونه که تا دید تو زنگ زدی گوشی را
گذاشت. همونه که به مهران نگفته که تو تلفن زدی.»

مریم براحتی می دید که هایده راست می گوید. فکر می کرد
که قدم بعدی چه باید باشد که هایده گفت:

«اگه جدی می خوای با مهران صحبت کنی باید بریم نزدیک
دفترش و اونو شکار کنیم...»

«شکار دیگه چرا؟»

«اومدیم و دخترش باهاش بود... ضایع می شیم. تنها راه اینه که شکارش کنیم.»

مریم از واژه شکار بدش نمی آمد ولی کمی تو هم رفت.

هایده گفت: «من الان کار دارم. ولی حدود ساعت سه بعد از ظهرمی تونیم کاری کنیم که تو بتونی مهران رو ببینی. بدون دخترش.

ولی یه چیزی بهت بگم از همین اول... می دونی گربه چیه؟ می دونی حجله کجاست؟

همین حالا باید تکلیفت رو روشن کنی وگرنه تا دنیا دنیاست باید بیای پیش من و از بقیه گله کنی. حالا فکرات رو بکن تا من برگردم و با هم یه ناهار دیر می خوریم و بعد بقیه اش با من.»

هایده ازخانه بیرون رفت و مریم می دانست که کجا می رود. البته که نپرسید.

مریم انسانی بود که بد و خوب دنیا را چشیده بود. بیدی نبود که از این بادها بلرزد.

کمی فکر کرد و ناگاه نگاهش به دیوان حافظ افتاد. به فال اعتقادی نداشت اما دوست داشت حرف حافظ را بپذیرد. کتاب را برداشت و آن را باز کرد. دنبال غزل گشت.

نصیحتی کنمت بشنو و بهانه مگیر

هر آن چه ناصح مشفق بگویدت بپذیر

نزدیک ساعت سه بعد از ظهر بود که هایده آمد. می خندید و شاد بود.

مریم می دانست چرا. سوار ماشین هایده شدند و به سوی

دفتر مهران رفتند. قلب مریم به شدت می زد ولی نمی خواست هایده بداند، که می دانست!

هایده ماشین خود را نزدیکی دفتر مهران پارک کرد و با هم پیاده شدند.

«تو اینجا وایسا. من یه جوری دختره رو می کشم بیرون وتو می تونی براحتی بری تو... خراب کاری نکنی!»

هایده به داخل ساختمان رفت. مدتی طول کشید ولی بالاخره با دخترک بیرون آمد.

دخترک دنبال چیزی می گشت و آشفته بود. مریم بدرون رفت. جلوی دفتر مهران کمی ایستاد.

با خودش بگو مگو داشت. بالاخره در زد و داخل شد. مهران جلوی پایش بلند شد و او را نشاند.

«چای یا قهوه یا چیز دیگه میل داری؟»

«نه. ممنونم. چرا جواب تلفنم رو ندادی؟»

«کدوم تلفن؟»

«فکر می کنم ما مشکلی داریم.» و قضیه را تعریف کرد.

«ببین مهران. من بچه نیستم و از این بچه بازیا خوشم نمیاد. یا خودت گوشی را از این ببعد بر می داری یا من بهت تلفن نمی کنم. ضمنن، یادت باشه که یا تو منشی داری یا دختر. هر دوشون رو نمی تونی در یک شغل جا بدی. من کاملن می فهمم دخترت چی می کشه ... ولی من به دفترت زنگ زدم نه به دخترت.»

مهران هاج و واج به مریم گوش می داد و هیچ نمی گفت.

«مریم، من شماره تلفن همراهم رو به تو میدم. هر وقت خواستی به من تلفن کن.»

«نه. این طوری نمی شه. از هیچ کسی چیزی رو قایم نمی
کنیم. اول با دخترت حرف بزن بعد به من زنگ بزن. باشه؟» و
مهران نمی دانست چه بگوید.

هنگامی که مریم از دفتر مهران بیرون می رفت، دختر مهران
داشت بسرعت تو می آمد. مریم سلامی مهربانانه کرد ولی
جوابی نشنید.

پایین تر هایده انتظار او را می کشید. توی ماشین نشست.

«چی شد؟»

و مریم به آهستگی گفت: «بهش گفتم باید تصمیم بگیره...»
مریم همه گفته ها و شنیده ها را برای هایده گفت. براستی
خود را خالی کرد. هایده از شهر خارج شده بود و در یک
جاده کوهستانی می راند. همه چیز سبز بود. مریم کماکان
حرف می زد و هایده می راند و گوش می کرد. عاقبت مریم
ساکت شد.

«شنیدی چی گفتم؟»

و بعد بخود آمد.

«این جا کجاست که منو آوردی؟»

هایده نگاهی به سبزی پیرامون کرد و گفت: «من بهش می
گم سر بالایی بهشت. حرفات رو زدی. منم همه رو شنیدم.
حرفات درسته و برای همینه که دوستت دارم.»

«چطوری دختره رو شکار کردی؟»

«کاری نداشت. رفتم توی دفترشون و گفتم می خوام آقای
صفاپور رو ببینم. ضمنن گفتم که مثل اینکه دارن یه ماشین را
با جرثقیل می برن.»

دختره گفت: «رنگ ماشین چی بود؟»

گفتم: « به گمونم ...»

«آبی که نبود»

«چرا آبی بود، و دختره دوید بیرون»

«همچنان پدر سوخته ای»

هایده دور زد و پایین آمدند. مریم خودش را راحت می دید.

«بریم همون رستوران که روز اول رفتیم. می خوام بازم بوی
شنبلیله و نعنا را بشنوم و بوی نان و پنیر و خیار و سالاد
شیرازی و ماست و موسیر.»

به همان رستوران رفتند. هایده بطرف دست شویی رفت.

«بلندت نکنن!» و مریم با صدای بلند گفت: «نه این بار!»

روز ها می گذشت و مریم خوشحال تر از پیش بود. تکلیف
خودش را روشن کرده بود. می دانست چه می خواهد. و می
دانست که چه نمی خواهد.

«الو؟»

مهران بود.

«سلام مریم. گفتم اگه مایل باشی با هم دیگه شام بخوریم
امشب.»

«سلام. باشه. کجا؟»

«خودم میام دنبالت»

«باشه»

«ساعت هفت. باشه؟»

«ممنون. باشه.»

و سر ساعت هفت زنگ در خانه هایده به صدا آمد. هایده
لبخندی زد و منتظر شد تا مریم از خانه بیرون برود.

«وا ندی ها!»

بیست و دو

مریم لبخندی زد و بیرون رفت. مهران به آهستگی می‌راند تا اینکه در پارکینگ رستورانی پارک کردند و مهران در ماشین را برای مریم باز کرد. چند دقیقه ای منتظر ماندند تا اینکه گارسن آن ها را نشاند.

و مریم جواب داد:

«خوشحالم که دعوت کردی... کار و بار چطوره؟»

«والا بد! مردم فکر می کنن یک بار آگهی بدن هزار بار موفقن! اصلن نگاه نمی کنن به آگهی های برگر کینگ و مک‌دونالد! اینا هر روز، هر لحظه، آگهی میدن به قیمت های گرون در همه جای دنیا ولی ما جماعت بعد از یک بار آگهی اونم توی یک شهر منتظریم مغازمون اون قدر شلوغ بشه که بیا و ببین!

چی می خوری مریم؟»

«یه کمی شراب قرمز. تو چی؟»

«میگم یه بتر شراب قرمز بیاره، حتمن از شرش می تونیم خلاص شیم!»

«بگو بیاره! راستی بدون این که بخوام شلوغ کنم می خواستم

بگم دلم نمی خواست تو رو برنجونم یا دخترتو، ولی باید وضعیت رو برات روشن می کردم.»

رستورانی که مریم و مهران در آن جا شام می خورند در لوس آنجلس به این معروف بود که همه آدمهای معروف به آنجا می رفتند. اگر سرت را بر می گرداندی، کسی را می دیدی که معروف است.

«سرت رو بر نگردون ولی دست راستت ببین کی نشسته!»

و مریم آهسته سر گرداند و نزدیک بود فریاد بزند که گارسن از او پرسید که برای نوشیدن چی میل دارد.

مهران تقاضای یک بتر شراب قرمز کرد. گارسن کمی شراب قرمز، آن طور که مهران خواسته بود، در گیلاسی ریخت و پیش آورد. به مریم نگاهی انداخت.

«مهران تو امتحان کن. من وارد نیستم.»

مهران شراب را پسندید و دقایقی دیگر هر دو داشتند جرعه‌ای به جام می زدند.

«مهران، اینجا باید خیلی گرون باشه!»

«یک شب که هزار شب نمی شه!»

و مریم صمیمانه گفت: « ممنونم.»

شب به آسانی گذشت. شامی و درد دلی. هرازگاهی مریم بیاد رضا می افتاد و انگار که سنگی جلویش افتاده سعی می کرد آن را بردارد و به کناری بیاندازد.

مهران هم بهمین ترتیب. هر دو روزگار سختی را گذرانده بودند. یکی در ایران و دیگری در آمریکا. بنظرشان آمد که غم مکان نمی شناسد. یا هست و یا نیست. و باز بنظرشان آمد که تقریبن همه مغمومند و دردمند ولی گاهی آنرا بجا می آورند و

گاهی انکار می کنند. تفاوت این جاست.

شب به خوشی به پایان می رسید. شب های خوش دیگری هم. و گاهی روزها. گاه خانه مهران و گاه خانه هایده. رستوران، و دفتر مهران.

مهران مردد بود بگوید یا نگوید و مریم مردد بود که اگر آن را بشنود، نه بگوید یا بپذیرد. سوارماشین شدند. تا خانه هایده راه درازی نبود ولی مهران راه دراز تری را پیش گرفت تا بیشتر با مریم باشد و دیرتر برسند.

«راستی از تهران نگفتی...چطور بود؟»

«راستش تهران جمع اضداده... می دونی هر چی که بخوای می تونی اون جا پیدا کنی ولی گاهی نمی تونی ساده ترین کار روانجام بدی ...

مثلن تعداد ماشین های لوکس خیلی زیاده ولی بعضی ها ناچارن سه تا یا چهار تا کار داشته باشن تا زندگیشون بگذره.

تا دلت بخواد کتاب و مجله و روزنامه چاپ می شه ولی توخیلیاش اون چیزی رو که می خوای پیدا کنی نمی کنی.

پسرم راست میگه ... میگه اونجا صبح که بلند میشی نمی دونی کی سرکاره، قیمت چقدررفته بالا، همه روزت دویدن دنبال جوابه...»

به خانه هایده رسیدند. مهران در فکر این که بگوید یا نگوید، و مریم در فکر این که در جواب چه بگوید، و گوشه پرده پنجره طبقه سوم کمی بالا رفته بود و هایده بود که به آن دو نگاه می کرد.

مهران نپرسید و مریم جواب نداد و خدا حافظی کوتاهی و در خانه را هایده باز کرد.

«نخواست بری خونش؟»

«نه. تازه اگرم می خواست باید کلی فکر می کردم»

«بشین همین حالا فکراتو بکن که اگر دفعه دیگه خواست
بتونی فورن جواب بدی ... بهت خوش گذشت؟»

«آره. خیلی. مدت ها بود چنین احساسی نکرده بودم. هم غم
بود و هم شادی. هم نگرانی بود و هم دلخوشی. خلاصه چطور
برات بگم ...»

«نمی خواد بگی خودم فهمیدم. می دونستم. و می تونم بگم
چی می شه!»

«چی می شه؟»

«نمیگم! خودت می بینی...»

«گفتم که پدرسوخته ای...راست گفتم!»

مریم آن شب را به راحتی خوابید و چند بار مهران را به
خواب دید ... چند بارنوه ها را و بچه هارا و رضا را خواب
ندید.

صبح زود که برخاست هم دلتنگ بود که چرا رضا به خوابش
نیامده و خوشحال که برای اولین بار خواب او را ندیده است.
می ترسید فکر کند که رضا تمام شده است. بشدت می ترسید.
لوس آنجلس برای ایرانیانی که در این شهر زندگی می کنند
حکم تهران را دارد یا ایران. مثل شهر چینی ها که اگر پول یا
شغل داشته باشی نیازی به دانستن زبان نداری.

مریم آن قدر پول داشت که بتواند به راحتی بیاید و برود و
زبان هم نداند. پدرش، وقتی زنده بود، تاجر بازار بود و برایش
کلی پول گذاشته بود. بازاری گری را از پدر به ارث برده بود
و پول ها را خرج اتینا نمی کرد. لوس آنجلس شهری بود که

مریم دوست داشت چون بخشی از آن مثل تهران بود.

مهران روز بعد با دخترش به گفتگو نشست. در آغاز، صحبت کمی عجیب بود چرا که مهران نمی دانست چه بگوید ولی دخترش می دانست.

«می دونی آناهیتا ...»

اسم دخترش را آناهیتا گذاشته بود و او را آنی می گفتند. در شهر دیگری زندگی می کرد ولی روز ها در دفتر پدر کار می کرد.

«می دونی، یکی از دوستام دنبال یک منشی خوب و کاری می گرده... منم اسم تو رو به اون دادم»

«که بتونی راحت ببینیش؟»

«کیو راحت ببینم؟»

«اون خانوم رو»

«اوه، منظورت مریمه؟»

«ببین بابا، من همه چیز رو می دونم ... می دونم زنت رو گذاشتی و اومدی این جا، ولی منم مادر می خواستم..»

«من زنمو نگذاشتم که بیام این جا... مامانت نمی، خواست با من بیاد...»

و این آغاز بحثی بود که همیشه بالا می گرفت و تمامی نداشت.

«فرقی نمی کنه بابا... حالا می خوای من از این جا برم؟ باشه میرم... اما این خانومه رو به عنوان مادر قبول نمی کنم»

«من کی از تو خواستم کسی رو به عنوان مادر بپذیری؟»

«هیچ وقت ... ولی بنظرم حالا دیگه داره وقتش میشه»

مهران نگاهی به آنی انداخت ...

«معنی این حرفو نمی فهمم»

«چرا بابا، می فهمی ولی بروی خودت نمیاری... بالاخره ...»

«تنها ناراحتی من اینه که چرا نقش دختر رو با نقش منشی
قاطی کردی..»

«آره... اما ...»

و هر دو بی کلام ماندند.

آناهیتا چند روز بعد کاری در شهر کناری، نه آن که پدرش
پیشنهاد کرده بود یافت و مهران به جستجوی منشی جدیدی
که هم فارسی بداند و هم انگلیسی شتافت. به راحتی او را
یافت. و آنی مدتی زیاد به پدرش تلفن نکرد.

حالا دیگر هر وقت مریم به سراغ مهران می رفت دیدار به
سادگی میسر بود.

آرش دادش در آمده بود: «مارو گذاشتی رفتی لوس آنجلس؟
بابا ما بچه هاتیم!»

و مریم می خندید و می گفت: «به زودی برمی گردم»

و آرش: «خبریه که ما نمی دونیم؟»

و مریم می خندید و می گفت: «فعلن نه»

بیست و سه

این بار مریم دعوت کرده بود. با هم به رستورانی که گران نبود رفتند.

«ببخشین که این جا مث اون رستورانی نیست که منو بردی...»

«کدوم رستوران؟»

و هر دو خندیدند.

مریم پرسید: «تو حافظ می خونی؟»

«معلومه... واسه چی می پرسی؟»

«فال می گیری؟»

و مهران کمی به مریم نگریست و گفت: «به فال اعتقادی ندارم، اما به حافظ چرا»

«این رو چطوری معنی می کنی:

نصیحتی کنمت بشنو و بهانه مگیر

هر آن چه ناصح مشفق بگویدت بپذیر

«خوبی حافظ اینه که به منشی و مترجم و خوابگزار احتیاجی نداره. هرچی گرفتی گرفتی، به مترجم احتیاجی نداری.»

مریم نگاهی به مهران انداخت و گفت:

«همین رو می خواستم ازت بشنوم.»

شام خوردند. حرف زدند.

«راستی با دخترت حرف زدی؟»
«آره... حالا برای یه نفر دیگه کار می کنه ... می دونی ... گفتگوی راحتی نبود ... خیلی طول کشید، بالاخره اونم به مادر احتیاج داره، که نداره، ولی خوبیش اینه که جوونا زودتر قبول می کنن و ماها، بگمانم دیرتر»
«آره، ما بگمونمون بهتر فکر می کنیم چون سنمون زیادتره و اونا فکر می کنن بهتر فکر می کنن چون جوون ترن! برد برد نداریم، یا بازنده ایم یا بازنده، هردوشم تقصیرخودمونه!»
«یادم میاد وقتی که کوچیک بودم مرحوم مادرم می گفت: «بچه! تصمیم خودتو بگیر، یا این ور یا اون ور، و من نه میدونستم تصمیم چیه، نه میدونستم اینور کجاس نه میدونستم اونورکجاس!»
«ولی حالاهردومون می دونیم اینور کجاس و اونور کجاس!»
و ناگهان مهران حرفی را که می خواست همواره بزند بر زبان آورد: «مریم، می خوای مدتی با من زندگی کنی؟ میگم مدتی چون می خوام بدونم می خوای یا نمی خوای»
مریم نگاهی به مهران کرد.
«بذار یه کمی فکر کنم..»

بیست و چهار

آن شب به تندی گذشت زیرا مریم می خواست با پسرانش
و دوستش، هایده، حرف بزند. شام را خوردند و دیر وقت به
خانه هایده رسیدند.

«بهت تلفن می کنم.»

«لطف می کنی.»

و بوسه ای از گونه مریم که همواره بر گونه او ماند و هیچگاه
از یاد او نرفت.

مریم ازهایده می پرسید که سراپا قبول بود و از آرام و آرش
که سراپا قبول بودند و از کتی که می خندید و شاد بود.

تنها کسی که این میان دودل بود خود مریم بود. نمی دانست
چه کند. دل کندن از گذشته و از رضا برایش آسان نبود ولی
این همه زجر باید؟ نمی دانست چه کند. اصلن چرا باید در
چنین موقعیتی قرار گیرد که باید انتخاب کند؟ مگر تقصیر او
بود؟

و مریم چنین می پنداشت:

«مهران به نظرم کلک نمی زنه. بنظرم درست میگه. برام زیاد
مهم نیست که مردم چی میگن، ولی برام خیلی مهمه که خودم
بعدن چی فکر کنم.»

و این باعث می شد که مریم تصمیم نهایی را به عقب بیندازد. چندین بار با مهران بیرون رفت ولی از رفتن به خانه مهران می ترسید. رفتن همان و خوابیدن با او همان. رفتن و خوابیدن برایش چندان مهم نبود ولی نمی خواست روزی از این کار پشیمان شود.

چند روزی را با هایده گذراند و آنگاه به سان فران سیسکو نزد آرش باز گشت. سی سیلیا، همان دختر اهل ونزویلا، حالا با آرش زندگی می کرد. بنظرش سی سیلیا خیلی عاقل آمد که می دانست چه می خواهد. همه دختران را با هانی مقایسه می‌کرد و سی سیلیا هانی نبود. تمیز بود و به بسیاری از چیزهایی که مورد علاقه مریم بودند احترام می گذاشت.

با اینکه مریم می دانست آرش هیچ گاه از او نخواهد خواست که از خانه آنها برود، کم کم حس می کرد که موقع تصمیم نهایی فرا رسیده. باید انتخاب کند. یا با مهران، یا برگردد ایران. بنظرش رسید راه میانه ای نمانده است.

شب که سی سیلیا خوابید آرش را صدا کرد.

«می خوام باهات حرف بزنم.»

آرش آمد و نزدیک مادر نشست.

«تو چی فکر می کنی؟»

و آرش نگاهی به مادر کرد و گفت:

«تو عقل رو یاد ما دادی. تو عاقل تر از مایی. درست میگم؟ عقل؟»

و مریم گفت: «آره آرش جون. عقل. بر می گردم لوس آنجلس. پیش مهران.»

و آرش گونه مادر را بوسید و گفت: «همه چیز رو از تو یاد

گرفتیم.»

چند روز بعد مریم به لوس آنجلس باز گشت. به خانه هایده رفت و چند روز را با او بود. هایده یک بار هم نام مهران را به زبان نیاورد. انگار منتظر بود که مریم بگوید. داشتند در یک رستوران ایرانی ناهار می خوردند که کسی نام مریم را به زبان آورد.

«سلام مریم، سلام هایده خانم»

کسی نبود جز مهران. لوس آنجلس، به نظر مریم، جای کوچکی بود. آنها را نشاندند و گارسن پرسید که چه می خورند.

«هیچی. فقط یه نوشابه دایت.»

و هایده فورن گفت: «هانی، می دونی چقدر از دایت بد می گن؟»

«خجالتم خوب چیزیه!»

خندیدند و مدتی حرف زدند. هایده بلند شد که به دست شویی برود. زیر گوش مریم گفت: «دیگه بهت نمی گم بلندت نکنن.. به نظرم یه کسی بلندت کرده!» و به دست شویی رفت.

مریم نگاهی به مهران کرد و گفت:

«از آناهیتا چه خبر؟ نگرانشم»

«نگران نباش. با دوست پسرش زندگی می کنه. دیروز دیدمش. خوشحال بود. از خودمون باهاش حرف زدم که اصلن براش مهم نبود.

فکرمی کنم اون قضیه تلفن یه موردی بود که گذشت و بهتره همه فراموشش کنیم. حالش خیلی خوب بود و از کارش بسیار راضی»

«خوشحالم که اینو می شنوم. کمی نگرانش بودم.»

هایده برگشته بود.

«مرغای عشق چیکار می کنن؟»

و مریم بود که وقتی مهران رفته بود تا با کسی که او را
می شناخت سلام و احوال پرسی کند به هایده گفت: «پدر
سوخته!»

مریم مدتها در لوس آنجلس ماند و بار ها و بار ها مهران را
دید. تا اینکه یک شب بعد از شام با مهران، به خانه مهران
رفت. هایده مدتی انتظار کشید و بعد با خوشی به خواب رفت.
می دانست مریم کجاست.

خانه مهران ساده و صمیمی بود. یک اتاق ناهار خوری با
میزی برای چهار نفر، اتاق پذیرایی کوچک، و آشپز خانه ای
کوچک تر. همین. همه چیز تمیز بود و بوی تازگی می داد.
مهران شرابی باز کرد. نشستند و آشامیدند و آنگاه ساعت از
یازده گذشته بود.

مهران خیلی مراعات مریم را می کرد که بداند او را فقط برای
هم آغوشی نمی خواهد.

«کجا می خوای بخوابی؟ توی اتاق من؟ من می تونم روی این
مبل بخوابم»

مریم نگاهی طولانی به مهران انداخت و مدتی در چشمانش
خیره شد.

«پیش تو»

بیست و پنج

روز بعد، مریم داشت صبحانه آماده می‌کرد که تلفن زنگ زد. نمی دانست تلفن را بردارد یا نه. نگاهی کرد و شماره تلفن هایده را دید.

«سلام»

«سلام خانوم خانوما... چطور بود مری؟»

«به تو چه پدر سوخته!»

که مریم زد زیر خنده

«آخه تو اینا رو از کجا میاری؟»

«جوابمو بده، کار خودش بود یا ...»

و مریم فوری جواب داد:

«به نظرم کار خودش بود!»

حرف زدند و حرف زدند تا که مهران پیدایش شد:

«طوری شده؟»

«نه ... دارم با هایده حرف می زنم ... هایده جون با اجازه، مهران بیدار شده، دارم صبحونه آماده می کنم»

«برو دنبال عشقت ... نمی خوام این ورا ببینمت!»

و گوشی را گذاشت.

مهران گفت:

«میگم ... می خوای یه چند روزی بریم یه جایی؟»

«آره ... ولی نمی خوام به کارت لطمه ای بخوره»

«راستشو بخوای ... از نظر پولی مشکلی ندارم ... بابام به اندازه کافی برام پول گذاشته ... اگرم می بینی که یه ایستگاه رادیویی درست کردم، می خواستم بی کار نمونم. راستش برام زیاد مهم نیست... حالا کجا می خوای بریم؟»

«ازت یه سوالی دارم... مردم ازت می پرسن که چطور خرج این رادیو را در می آری ... تو بهشون چی جواب می دی؟ می گی بابام به من پول داده؟ راستی بابات، امید وارم که هنوز زنده باشه»

«نه، چند سال پیش فوت شد... جواب سوالت اینه که نه نمی دونم چی بگم ... برای همینه که این قدر پشتم حرف می زنن...»

«خب، چرا نمیای یه کار دیگه شروع کنی که مردم این قدر توش دخیل نباشن؟»

«فی الواقع این کار رو دوست دارم. همیشه رادیو رو دوست داشتم. باور کن، سعی می کنم درست ها رو به مردم بگم و چون احتیاج چندانی به پول آگهی ندارم، مجبور نیستم دروغ بگم و درست همین جاس که پای حسودا به میون میاد..»

«پای حسودا؟ من توی اون مهمونی بودم و شنیدم چی در باره ات می گفتن ... حسود نبودن، خون خوار بودن»

« بابای خدا بیامرزم عادت داشت با رومی فال بگیره ... خیلی هم بهش اعتقاد داشت، یه کتاب قطور قدیمی داشت که نتونستم بیارمش خارج از کشور...»

«مثل خیلی چیزای دیگه!»

«آره ... خلاصه... خیلی بهش اعتقاد داشت»

«اینو گفتی که به کجا برسی؟»

«می خواستم بگم اگه اون کتاب اینجا بود می تونستیم فالی
بگیریم و بگیم کجا می خوایم بریم»

بیست و شش

مریم و مهران با هم مهربان ماندند. زندگی جدیدی بود.
مریم گاه گاه به ایران می رفت و بر می گشت و با خود خبر های تازه می آورد:
میگن می خوان با آمریکا دوباره دوست بشن.
میگن بنزین خیلی گرون میشه.
میگن گوش به این حرفا ندین، همشون مصرف داخلی دارن کمرشون داره می شکنه ... تاب و توان دیگه ندارن.
اعدام ها ادامه داره و زندان ها، فقط رییس جمهورا عوض میشن.
میگن همه این حرفا رو ول کنین ... وضع همونیه که بود.
و در این میان رادیو ها و تلویزیون ها سرمردم را بسیار گرم می کردند و بعد از سی و چند سال هنوز داشتند وعده می دادند که فردا این ها می روند و آن ها می آیند!
و بعضی مردمان ایرانی با ولع تمام متجاوز از سی و چند سال

بود که گوش می‌کردند و گوش می‌کردند و می‌دیدند و لذت
می‌بردند.

چمدان‌ها حاضربرای باز گشت و بانک‌ها پر بود از پول‌های
بی بازگشت.

و کار نکردن و خوردن و بقیه را سرزنش کردن کار روزانه
اینان بود. کار روزانه اینان این بود که بنشینند، چای بخورند، و
منتظر باشند تا کسی دیگر اقدام کند و ببرد و ما با خوشحالی،
که پول هامان این جاست، برگردیم و فخر بفروشیم و
شغل‌های اساسی خودمان را پس بگیریم.

مریم به ایران رفت و بعد به آمریکا بازگشت.

بیست و هفت

آن شب یکی از دوستان مهمانی داده بود. هایده مهران و مریم را که می دید عشق می کرد چرا که دو نفر واخورده و سرخورده را می دید که خودشان را داشتند جمع و جور می کردند و زندگی را از سر می گرفتند.
نه اینکه مریم رضا را بکلی از یاد برده باشد، بلکه سعی می کرد زندگی تازه برای خود فراهم کند. مهران هم هیچگاه نتوانست گذشته را فراموش کند ولی ناچار بود با آینده آشتی کند.
غلغله ای بود. همانند همیشگی میهمانی های ایرانیان.
شام دیر، همه چیز پر و پیمان، و بحث سیاسی تمام نشدنی.
آقایی که به تازگی به ایران رفته بود و بازگشته بود دسته ای را به دور خودش جمع کرده بود.
«وضع اونقدر ها هم بد نیست ... اگه پول داشته باشین مشکلی ندارین ...»
کسی پرسید: «خب، پس فرقش با اینجا چیه؟ این جام اگه پول داشته باشین مشکلی ندارین»
و خانمی گفت: «اینجا اگه نداشته باشین بالاخره یه جوری از

مهلکه در می آین ولی اونجا ... ول معطلین»
آقای تازه از ایران آمده حرف خانم را قطع کرد:
«به این آسونی هام نمی شه این طوری قضاوت کرد... می دونین ...»
که خانم بدون آنکه جوابی بدهد جمع را ترک کرد و به آن سوی اتاق رفت.
مهران و مریم ایستاده بودند وبا هم حرف می زدند.
مریم می گفت: «تو رو بخدا خودتو قاطی این بحثا نکن ... نمی ارزه ...»
و مهران: «من خودمو تو این بحثا وارد نمی کنم ولی وقتی یارو می آد و میگه مردم خیلی فهم و شعورشون بالاس یا مردم می دونن که چی می خوان من دوست دارم ازشون بپرسم شما همون مردم سی و پنج سال قبل رو می گین یا گونه ای تازه از مردم ... مردم برای تماشای یک اعدام از هم سبقت می گیرن، اما یه تآتری رو دیدم که فقط چند نفر اون جا رفته بودن. این مردم کجا بودن؟ کجا هستن؟»
«خونتو کثیف نکن عزیزم ...»
«میشه بریم یه جای دیگه؟»
«مثلن کجا؟»
«سر قبر بابای من..»
مریم فهمید که مهران براستی عصبانی است.
کشیدش کنار.
«مهران، جوش نخور، اصلن بریم بیرون.»
هوای بیرون آرام بود و باد خنکی می وزید. مهران دریافت که تا بحال در برابر مریم اینقدر عصبانی نشده است. دست او را

گرفت و گفت:

«متاسفم. منو باید ببخشی!»

«از قدیم گفتن بین دوستان ببخشین گفتن درست نیست. فکرشو نکن. این مهمونیا، این جمع شدنا، من و تو را که خیلی کشیده ایم راضی نمی کنه، فقط اونایی خوششون میاد که نکشیدن، یا اینکه براشون مهمونی و غذا و چیزهای دیگه مهم‌تره.»

بیرون آمدند. شب بوی نعنای تازه داشت و مریم دست مهران را تنگ گرفته بود. آسمان سرخ بود.

«ول کن دیگه. فکر می کنم باید کارت رو عوض کنی. این جوری هر روز یه ماجرایی پیش میاد.»

ومهران مدتی زیاد اندیشید ...

«راست میگی. باید برم توی یه کار دیگه. اعصابم خرد شد از بس از این حرفای نا بجا شنیدم. شما می خوای بری کنفرانس بدی، برو بده، چرا دیگه منو خراب می کنی؟ چرا از اونا دفاع می کنی؟ می خوای بری و برگردی به خرج اونا؟ باشه... چرا حقیقت رو زیر ورو می کنی؟ همه می دونن که اونا یه بودجه ای دارن برای این کنفرانس ها ... حالا یه هوجنابعالی شدی وزیر علومشون؟

می دونی ... تنها مشکل ما اینه که دو هویتی هستیم ..

هم اسم بچه هامون رو بیژن و سیروس و بهداد می ذاریم، هم موقع محرم گریه می کنیم.

به اسکندر که تخت جمشید رو آتش زد نفرین نثار می کنیم اما در ماراتون می دویم و بعدش می گوییم امان از دست این یونانی ها که ما شکست سختی از ایشان خوردیم ...

می فهمی چه غلطی می کنیم؟ حالا از دست رادیو هم خلاص
بشم، سبزی فروشی باز کنم؟ بعضی ها دوست داشتند آگهی
هایی بدهند در مورد حجاب و شرعیات و این جور چیزها
ولی من می خواستم به همه کس فرصت بدم ولی نه آن قدر
که بعضی ها بتازند و بعضی ببازند. می دونی؟ من فقط جواب
مردم را میدم، اگه بد رفتاری می کنند و یا مسخره بازی، اصلن
جواب نمی دم ولی اگه محترمانه با هر موضوع برخورد می
کنن، من هم محترمانه ازشون تشکر می کنم.»

بیست و هشت

قسمتی از صحبت‌های مهران در یکی از برنامه‌های رادیویی:
نمی‌دانم چطور شروع کنم. ولی دولتی‌ها کراوات نمی‌زنند
و پیراهن‌های بی‌یقه می‌پوشند، با خانم‌ها هم دست نمی‌
دهند. وخیلی چیز‌های دیگر ... آیا این برای مملکت فایده
دارد؟ فقط می‌پرسم ... راستی آن روزگاران چگونه لباس
می‌پوشیدند؟ ما فقط با کراوات قهر کرده‌ایم؟ دکمه سردست
که داریم، کتمان هم که اروپایی است، کفش هامان هم، فقط
گرفتاری این یقه و آن کراوات است؟
جواب‌های بسیاری آمد.
این روزها خیلی صحبت از حجاب می‌شود.
رییس جمهور که خودش عبا وعمامه دارد با بعضی ملاها به
دعوا افتاده.
اومعتقد است که اسلام و روپوش و روسری و چادر را نمی‌
شود با زوربه مردم حقنه کرد و وظیفه پلیس این نیست که
بخواهد چنین کار هایی را زور تپان کند.
من هنوز نمی‌دانم که چه باید بکنیم. تصور می‌کنم رییس
جمهور جدید، مایه‌ای از جمع اضداد باشد که هم فشار به

بی‌حجابی را اعمال فشار می داند و هم عمامه دارد و هم دکتر است.

«فلانی، خوب گفتی، باید حقیقت را گفت ...»

«آقا اگه مسلمونی بگو و اگه نیستی، بازم بگو...»

که مهران می خواست جواب دهد:

«یعنی که چی؟ مسلمون بودن چه ربطی به حجاب و عمامه داره؟ اصلن مسلمون بودن یا نبودن من چه ربطی به شما داره؟»

«شیاد!»

«تو که با جمهوری اسلامی موافقی!»

«به تو یه شام بدن، از اینور به اونور میشی»

«بی وجدان!»

«کار خودتو بکن! به کسی گوش نده»

«دیر اومدی، زودم می خوای بری؟»

«پشت صحنه در گیری ... دیدمت ... وضعت خرابه.»

و البته کسانی هم بودند که بنظرمی رسید صادقند:

«باید بدانیم که ما باید سیاست را از مذهب جدا کنیم. تاریخ را بگردید. هر گاه سیاست بدست والیان مذهب افتاد، خشونت و ترس و فحشا به آسمان رفت.»

«آقا، کارت درسته ، بذار یه حکایتی رو برای همتون بگم ... چند سال پیش، یه روز من به یکی از رفقا که بتازگی شغلشو از دست داده بود گفتم این طوری هام نمی مونه ... کمی باید صبر کرد ... یادتون باشه، سی و چند سال خیلی کمتر از یه کمی یه. باید یه خورده دیگه صبر کنیم.»

«یه روزی باید این خون ریزی رو بذاریم کنار ... اگه امروز من از شما انتقام بگیرم و فردا شما از بچه من، قضیه همیشه ادامه

داره، بنظرم باید ببخشیمشون»

«اینارو ببخشیم؟ تموم تیرای چراغ برق رو ستونِ دار می کنم اگه بتونم ...»

بیست و نه

مریم چنین می‌گفت:

«بیا بریم دنیا گردی، دیگه بسمونه، پلو هم که بپزی، یکی
میگه چرا کُردی نیست، یکی میگه چرا لُری نیست، یکی میگه
چرا روغنش کمه، یکی میگه چرا برنجش دم نکشیده اس،
یکی اخماشو درهم می‌کشه که چرا همش از غرب کشور
حرف می زنین، شرقش چی؟ و بعد عشوه میاد که خب غربی
هستین دیگه!»

مدتی طول کشید که مهران فهمید که یا باید با این و آن بود و
یا باید پیرو این و آن بود. دلش بشدت تنگ بود. دلش به هیچ
کاری نمی آمد. کلافه بود.

سی

میترا که می گفت اسم مذهبی دارد ولی آن را به میترا تبدیل
کرده است, دو شوهر را ازدست داده بود . شوهر نخست از آن
مجاهدهای سخت و سفت بود. میترا را با روسری می خواست و
به شدت معتقد بود که باید زنان روسری سرکنند. میترا روزهای
اول سرسختی می کرد ولی روزی رسید که حکومت، داشتن
روسری را اجباری کرد.

به مشام شوهرش بسیار نیکو آمد. می بایست این طور باشد.
شوهرش که در یک کارخانه کار می کرد و سمت خوبی هم
داشت می گفت:

«ما انقلاب نکرده ایم که زن ها لخت بیرون بروند، ما انقلاب
کردیم که روسری به میان باشد، در میکده ها را ببندند و رادیو و
تلویزیون در دست آدم های درست باشد.»

و همین طور هم شد. روسری اجباری شد، میکده ها یا به دست
آتش افتادند یا نابود شدند و رادیو و تلویزیون به دست آدم های
درست افتاد.

میتی می گفت: اگه الان توی بسیاری خونه ها، عرق می کشن، و

تقریبن همه کس می تونه با پول هر چی می خواد بخره، چرا مردم انقلاب کردن که قیمت ها این قدر بره بالا؟
نمی دونم. بعضی ها میگن اشتباه بود، بعضی ها میگن اگه اشتباه بود پس باید پاش وایسین، بعضی ها میگن شما اشتباه کردین، چرا همه باید پاشو بخورن؟
مریم سعی می کرد میتی را آرام کند ...
«فکرشو نکن، گذشته دیگه گذشت...»
«آره، اما بیچاره شوهر دومم که بیخودی مرد، اونم تو جوب آب ...»
توی زندون که بودیم یه آقایی بود که می گفت من دیگه بر نمی گردم خونه ... موهاش جو گندمی بود. شوهر اول من بهش می گفت اگه پول داری بی خیال ... بده و خلاص شو. می گفت: «نه. پولام مال خونواده س.»
مهران که تا به حال ساکت نشسته بود نگاهی با اطراف کرد. رستوران کوچکی بود که بوی زندگی از آن می تراوید. میز های کوچکی داشت و باری کوچک. خانمی جوان پشت بار بود و با پیر مردی حرف می زد . چهاردخترجوان دورهم پشت یکی ازمیزها نشسته بودند و می خندیدند. مردی به ظاهر جوان که موهای خود را رنگ کرده بود، آن سوی تر، به خانمی که معلوم بود سن بالایی دارد عاشقانه نگاه می کرد .
هوای بیرون خوب بود و باد نمی آمد .
لشکر کوچکی از موتورسوارها به کافه سرازیر شدند . مهران و بقیه، صدای موتور سیکلت ها را شنیده بودند، ولی می پنداشتند که آنها دارند فقط از این منطقه می گذرند. تمام صندلی ها و میز ها اشغال شد و کسی چند میز و صندلی آورد

که بقیه موتورسواران بتوانند بنشینند. میتی پیشنهاد کرد که
بیرون بروند و کمی با هم راه بروند . مهران مخالف بود:
«چرا؟ مگه از اینا می ترسین؟ اینام برای خودشون زندگی و
آبرو دارند. من همین جا می شینم و تکون نمی خورم . طوری
هم نمیشه».

آبجو حرف روز بود. همه موتور سوارها آبجو خوردند .
کلی. سروصدای زیادی بپا بود و مهران همچنان نمی خواست
آن جا را به آرامی ترک کند. مهران قیافه مریم را آشفته دید
وقتی احساس کرد کسی با انگشت روی شانه اش می زند.
برگشت .

کسی نبود جز یکی از موتور سوارها. ریشی بغایت دراز داشت
و تی شرتی که آستین های آن را به عمد بریده بودند.
به مهران نگاهی کرد و انگار مایل بود با او مچ بیاندازد .
مهران کمی به او نگاه کرد و کمی به دیگران. سکوت فراوان بود
و انگار کسی یا همه منتظر واقعه ای تازه بودند.

«آب جو می خوری؟»

البته که اوضاع مناسبی نبود ولی مهران بلد بود که چگونه
خودش را کنترل کند.

«البته! می خوای سر میز ما بشینی؟»

موتورسوار کمی عقب زد ولی نشست.

«باشه. می شینم! ولی آبجو مهمون تو!»

خنده ای بلند از اطراف و بعد سکوتی و بعد:
باشه! اگه دوست دختریا زن داری می تونی دعوتش کنی بیاد
این جا با ما بشینه!

و موتور سوار کمی مکث کرد و گفت:

«نه .. تنهام ...»

در این فاصله مهران داشت موتور سوارها را می شمرد .

نوزده تا.

با صدای بلند گفت: «همه موتور سوارها یه آب جو مهمون
من.»

کمی سکوت. نگاه هایی رد و بدل شد. بعد یک نفر شروع به
دست زدن کرد. مریم بود.

و بعد همه شروع به دست زدن کردند.

مریم به میتی گفت: «بلده جمعیت رو کنترل کنه.»

و مهران پرید وسط: «گفتم که .. اینام مردمن .. فقط باید
درکشون کرد.»

وقتی همه موتور سوار ها رفتند، مهران از گارسن تقاضا کرد
که چک را بیاورد.

گفتم که... اینام مثل ما می مونن. فقط باید درکشون کنی.

پول همه چیز قبلن پرداخت شده بود.

سی و یک

تلفن زنگ زد. کسی می خواست با میتی حرف بزند. مریم
گوشی را به مهران داد. بعد از کمی حرف مهران بود که می
گفت:
«این جا زندگی نمی کنه ولی بهش میگم. شمارتون؟»
و آن را رو تکه ای کاغذ نوشت .
یه آمریکایی بود. می خواست با میتی حرف بزنه.
«نمی دونم شماره من رو از کجا پیدا کرده.»

سی و دو

هنگامی که مریم مرد آمریکایی را دید اول او را نشناخت:

«من میترا هستم. شما؟»

«تام. منو یادت میاد توی اون رستوران دور از شهر؟ سوار موتور بودم. موهام هم بلند بود. حالا زدمشون.»

میترا نگاه کرد و او را شناخت. همان مردی بود که ریش بلندی داشت و تی شرتی بریده و می خواست با مهران آبجو بنوشد. شناختنش کار آسانی نبود. کتی پوشیده بود و فی‌الواقع تصور این که او چنین لباسی را بپوشد کمی دور از ذهن به نظر می آمد.

«تام. از دیدنت خوش‌وقتم. راستی چطور تلفن مهران رو پیدا کردی؟»

«مشکل نبود. بالاخره پیداش کردم. کار زیاد سختی نبود.»

«کار خاصی داشتی؟ من امروز یه کمی وقت داشتم گفتم ببینم کیه که می خواد منو فورن ببینه.»

«آره. فکر کردم یه کمی بیشتر ببینمت. اون روز دیدم از دیدن

من داری وحشت می کنی ... ریشمو زدم و کت پوشیدم که
این دفه وحشت نکنی ...»

«چرا من؟»

«چرا کس دیگه؟»

«می دونی من ایرونیم؟»

«اینو اون جا فهمیدم. این جا خیلی ایرونی هست.»

«می دونی من دوتا شوهرم رو از دست دادم؟»

«نه! متاسفم. اگه بخوای بگی چطور گوش می کنم و اگه
نخوای بگی می فهمم.»

«می دونی چقدر اشک ریختم؟»

«آره، برای همینه که چشمات اینقدر شفافه.»

اشک به چشم های میتی آمد. کمی فکر کرد.

«چیکار می کنی؟»

«یه پمپ بنزین کوچیک دارم. نزدیک به همون جا که اولین
بار دیدمت. زندگیم رو می گذرونه. تنهام.»

«یادمه، وقتی مهران ازت خواست زنتو یا دوست دخترتو
بیاری سر میز، کمی جا خوردی و گفتی تنهایی.»

«آره زنم مدتی پیش گذاشت و رفت. از اونوقت تنهام.»

«می تونم بپرسم چرا تنهات گذاشت؟»

«آره. بگمانم کسی زیر پاش نشست.»

«متاسفم!»

«حالا می خوای من و تو همدیگه رو بیشتر ببینیم؟»

«اگر همین جا که نزدیک کار منه همدیگه رو ببینیم برای تو
اشکالی داره؟»

«نه که نداره .راستی تو چیکار می کنی؟»

«منشی یه شرکتم. کارشون ساختن در و پنجره س. همین اطراف.»

میتی می اندیشید چرا کسی که موی بلند و تی شرت دارد باید بخود این همه زحمت بدهد تا او را ببینه؟

تام می اندیشد درست همونیه که می خواستم. ملیتش برام فرقی نمی کنه.

مهران و تام و میتی و مریم باهم دوست شده بودند . همدیگر را زیاد می دیدند و روزگار خوشی داشتند.

«یادته منو به آبجو دعوت کردی، اونم مهمون من؟»

«ببین ... باید قبول کنی که هنوزم اون جوریم! فقط قیافه ام کمی فرق کرده.»

سی و سه

مریم تلفنی داشت از برادرش در تهران.

«الو؟»

«مریم تویی؟»

«داداش؟ قربون صدات برم. خوبی؟ طوری که نشده؟»

«نه. معلومه که طوری نشده. تو چطوری؟ چیکا را می‌کنی؟»

«هیچی. مشغولیم. کار جدی ندارم. مسافرت های کوتاه می‌ریم و بهمون هم خوش می‌گذره. تو نمی خوای بیایی اروپا یا جایی تا همدیگه رو ببینیم؟»

«راستش دلم می خواد ولی می دونی که ویزا گرفتن این روزا خیلی سخت شده. اگه بخوایم بیاییم باید بریم گرجستان، ارمنستان، یا یک جایی اون ورا. شما هم باید خیلی پول خرج کنین و بیاین. کلی هم راهه.»

«اشکالی نداره. برنامه بذار با خانمت، منم می آم.»

«باشه. یه موقعی توی تابستون که بتونیم مرخصی بگیریم.»

«خبر با من.»

و مدتی دیگر به گفتگو گذشت.

سرانجام تابستان فرارسید. مریم تابستان لوس آنجلس را با
تابستان تهران مقایسه می کرد.

«تابستون تهران همین قدر گرمه ولی خشکه. این جا وقتی که
گرم میشه، بعضی وقت ها شرجی هم میشه.»

«مکافات اون جاس.»

و مهران می گفت: «خب... هر جایی هوایی داره. هر جا
که زندگی لذت بخش تر باشه، همونجا هواش بهتره. درس
نمیگم؟»

«درست میگی .... ولی یادت باشه که تهران شهریه که چهار
فصل کامل داره، این جا یکی دو تا بیشتر نداره.»

«گفتم که، هر جا بیشتر بهت خوش بگذره ،همون جا وطنه،
همون جا خونه س.»

تام رانندگی می کرد و چیزی نمی گفت.

«تام، از تو خیلی ممنونیم که مریم رو به فرودگاه آوردی.»

و تام می گفت:

«برمی گردیم و یه ماه آبجو مهمون تو!»

سی و چهار

بالاخره مریم سوار هواپیما شد. می دانست راه درازی در پیش است. یک توقف در آمریکا، و دیگری در پاریس . اقلن هفده هجده ساعت باید در هواپیما بسر می برد. زمان های انتظار به کنار و کم خوابی ها یک طرف.

سفری طولانی بود. پول فراوانی پرداخته بود و سعی کرده بود با یک شرکت معتبرهوایی به سفر برود. همه چیز مرتب بود به جز انتظار ها و در فرودگاه های میان راه ماندن و نخوابیدن . تا آن که در فرودگاه ایروان به زمین نشست. شنیده بود که فرودگاه تا مرکز شهر فقط هفت و نیم مایل است. میان جمعیت مریم برادرش را دید که دست تکان می دهد.

«داداش!»

و از شباهت دو چهره هر کس می توانست برادر مریم را از دور بشناسد. نازنین هم بهمراهش بود. به هتل رفتند .مریم جز خوابیدن به فکر چیز دیگری نبود. صبح روز بعد باهم صبحانه خوردند. مریم مشتاق بود تا با برادرش تنها باشد و کمی درد

دل کند. برادرش هم همین طور. برادرمریم ماشینی کرایه کرده
بود و می گفت:

«گر چه این جا هتل مثلن ارزان است ولی بنزین از گرانی
غوغا می کند.»

رشوه دادن و رشوه گرفتن درارمنستان همان قدرمقبول بود که
در ایران. دریکی ازجاده های ایروان، پلیس ماشین را متوقف
کرد و جداً قصد داشت که ماشین را یازده هزار درام جریمه
کند. اما وقتی پنج هزار درام روی صندلی ماشین پلیس انداخته
شد، مامور پلیس با لبخندی مونالیزا مانند، پشت ماشینش
نشست و به سرعت دور شد.

ارمنیها به کشورشان؛ هایک یا هایاستان می گویند و از آنجا
که برای هر واقعه و مکان در کشورشان، افسانه و اسطوره ای
دارند، جداً معتقدند که هایک، نواده‌ی نوح پیغمبر بوده و دو
هزار و پانصد سال پیش از میلاد، کشور ارامنه را در منطقه
آرارات بنیاد گذاشته است.

مریم تازه فهمید که ارمنستان کشوری است کوچک که حدود
یک چهارم جمعیت آن در ایروان زندگی می کنند. و تازه
فهمید که چیزی روی دلش سنگینی می کند. به بزرگی یک
کوه و به بلندی یک رود خانه.

سی و پنج

آنی، یا آناهیتا، در شهر کناری زندگی می کرد. با دوست
پسرش. زندگی ساده ای داشتند. خانه ای کرایه ای و کوچک،
آشپز خانه ای کوچک، و بدون بچه.

آنی کمتر به یاد پدر بود. ولی دلش برای مادرش را که نیامده
بود و طلاق گرفته بود بشدت تنگ می شد. هفته ای یکی دو
بار به او تلفن می کرد و همه چیز را به او می گفت.

به مادرش گفته بود که دیگر منشی مهران نیست و مهران با
خانمی که نوه دارد دوست شده و با این خانم زندگی می کند.
نگفته بود که چقدر از این جریان رنج می کشد. نگفته بود که
روزی از این زن، و پدرش، انتقام خواهد گرفت. نمی دانست
که چه خواهد کرد ولی می دانست که کاری خواهد کرد که
اثر آن مدت ها بماند. همواره در فکر بود که چگونه می تواند
از آن زن انتقام بگیرد. فکر می کرد با آن دوستش که همه
لوس آنجلس را می شناسد، نمی تواند مقابله کند. راه حلی
باید باشد که مریم و هایده از آن ابدن اطلاعی نداشته باشند.

آنی می توانست با چیرگی هایی که در کامپیوتر داشت میانه مهران و مریم را به راحتی بهم بزند. بزرگترها فقط می توانند از کامپیوتر استفاده کنند، اما جوان ها می دانند چگونه از آن استفاده کنند.

غروب بود. غروب داغی در لوس آنجلس. خانه مهران خالی بود، اما چراغ ها را روشن گذاشته بودند. سایه ای از جلوی نور آشپز خانه رد شد. سایه با کلید توانست در خانه را باز کند. هیچ جا نایستاد. مستقیم به سراغ اتاق کامپیوتر مهران رفت. کامپیوتر را روشن کرد. چند تا رمزبکار برد تا آنکه توانست آنرا بگشاید. مدتی با آن ور می رفت . کارش که تمام شد دستگاه را خاموش کرد . آهسته و پاورچین از خانه بیرون رفت. همسایه ای که قرار بود از روبرو خانه را بپاید به سفر رفته بود. هیچ کس سایه را ندید.

سی و شش (باراول)

مریم پرسید: «داداش ،چیزی هست که از من پنهون می کنی؟»
برادرش گفت: «نه ،از تو هیچ چیزی رو پنهون نمی کنم، یه چیزی هست که مدتیه سر قلبمه و باید آزادش کنم.»
توی تراس هتل نشسته بودند. هوا آرام بود. هر کسی پی کار خود بود. مریم و برادرش به گفتگو و نازنین به تماشای تلویزیون. نمی خواست به خواهر و برادر تعدی کند.
برادر مریم گفت: «می دونی مدتی پیش یه آقایی تلفن کرد و پیام گذاشت و گفت که می خواد در باره رضا حرف بزنه. می گفت می دونم خیلی دنبالش می گردین ولی نمی تونستم چیزی بگم. حالا آزادم.»
دو سه روزی من و نازنین داشتیم فکر می کردیم. گفتیم دروغه؟ راسته؟ بالاخره تصمیم گرفتیم بهش تلفن کنیم.
مریم آشفته داشت گوش می داد.
«تلفن کردین؟»
«آره و ای کاش تلفن نمی کردیم. خودش گوشی را برداشت

و گفت رضا همان روزهای اول کنار خیابان تیر باران شده و
بهتر است دنبالش نگردید. چرایش را هیچ کس نمی دانست.
یعنی مردک ما را متقاعد کرد که نپرسیم چرا، چون جوابی
برای آن پیدا نمی کنیم. نازنین از من جسور تر بود. پرسید
می توانید این را اثبات کنید؟ طرف گفت بروید به فلان جا و
سراغ بگیرید . به فلان جا رفتیم . راست می گفت. تمام نشانه
ها درست بود. می گویم فلان جا که نتوانی به آنجا بروی
مریم. می گفت فقط یک روز با رضا بوده. می گفت ازین اتفاق
ها زیاد می افتد. می گفت خودش شاهد تمامی ماجرا بوده.
می‌گفت آنها که او را اعدام کردند، بعد خوشان گرفتار شدند،
ولی هیچ کاری نمی شد کرد. این که تو همه جا را گشتی و
هیچ نشانی از او نیافتی بی خود نبود. رضایی نبود که. مریم! به
من نگاه کن! تمام شد. گذشت. تمام شد. باید زندگی تازه ای
را شروع کنی.»

«به فلان جا رفتین؟»

«آره. گفتند این جسد اوست. حالا بعد از این همه سال حتمن
پودر شده. می خواین ببینین؟ فورن گفتیم نه. تمام اسم ها و
آدرس ها و نشان ها درست بود. گفتند اتفاق بوده و ما باور
کردیم. فکر کردیم راست می گویند.»

مریم به آرامی برخاست. کنار تراس رفت. به آرامی به
اتاقشان رفت. لباس هایش را پوشید و به آرامی بیرون
رفت. می‌خواست تنها باشد. گریست و گریست و گریست.
بی پایان گریست. مدتی بود که از مهران هم خبری نداشت.
جواب پرسش هایش نمی آمد. هیچ جوابی نمی آمد . مریم
با چشمان پف کرده برای شام آمد. همه می دانستند چرا.

شام را سفارش دادند. خوابی باید. مریم بعد از شام خوابید. اما خوابی که همه اش بیداری بود. فورن با هایده تماس گرفت. جوابی نیامد. شاید علتش تغییرساعت بود. سعی کرده بود با مهران تماس بگیرد ولی نتوانسته بود. براحتی تقصیر را گردن اهالی ایروان انداخت. یکی دو روز به رفتن مانده بود. می خواست همه چیز را با مهران در میان بگذارد ولی نمی‌توانست او را بیابد. ایمیل پشت ایمیل. جوابی نمی آمد. یک شب تمام پشت کامپیوتری که مال هتل بود نشست ولی جوابی نیامد. کم کم داشت کلافه می شد. از خودش می پرسید:

«این چرا جواب نمیده؟»

و پرسشش بی جواب می ماند.

رودخانه ها به آرامی حرکت می کردند و دریا ها آرام و جویبارها آرامتر ولی قلب مریم بشدت می زد .

«روزها می گذرد و شب ها هم. خبری از تو نیست . کجایی؟ دیروز خبری شنیدم که می خواستم با تو در میان بگذارم. برادرم می گفت رضا را پیدا کرده اند، اما خیلی دیر. می‌گفت یقین داره که دیگه نباید دنبالش بگردم. برای من، این خوشحالی و گریه را باهم میاره. خنده، چرا که تموم شد اون گشتن ها و پیدا نکردن ها.»

مریم به لوس آنجلس باز گشت.

سی و شش (بار دوم)

مریم پرسید: «داداش، چیزی هست که از من پنهون می کنی؟»
برادرش گفت: «نه، از تو هیچ چیزی رو پنهون نمی کنم ولی باید بگم یه چیزی هست که مدتیه سرقلبمه و باید آزادش کنم.»
توی تراس هتل نشسته بودند. هوا آرام بود. هر کسی پی کار خود بود. مریم و برادرش به گفتگو و نازنین به تماشای تلویزیون. نمی خواست به خواهر و برادر تعدی کند. مریم نگاه برادرش را تعقیب کرد. مردی با موی سپید آن طرف ترایستاده بود: رضا.

و زندگی همچنان ادامه داشت ....

کتاب زمین
Zameen
Publication

Title:
Maryam

Author:
Manouchehr Madanipour

Cover designer:
Dada Noori

First Printing: **Boston, 2018**
ISBN: **978-0-9991481-2-9**
Publisher: **Zameen Publication**
Address: **47 Pleasantdale Rd., Boston, MA 02132 USA**
Email: **Ketaabezameen@gmail.com**
Website: **www.ketaabezameen.com**